난쟁이 마을

난쟁이 마을

초판 1쇄 인쇄	2015년 1월 30일
초판 1쇄 발행	2015년 2월 06일

지은이   류 산 하
펴낸이   손 형 국
펴낸곳   (주)북랩

편집인	선일영	편집	이소현, 김진주, 이탄석, 김아름
디자인	이현수, 김루리, 윤미리내	제작	박기성, 황동현, 구성우
마케팅	김회란, 이희정		

출판등록   2004. 12. 1(제2012-000051호)
주소   서울시 금천구 가산디지털 1로 168, 우림라이온스밸리 B동 B113, 114호
홈페이지   www.book.co.kr
전화번호   (02)2026-5777   팩스   (02)2026-5747

ISBN   979-11-5585-480-8 03810(종이책)   979-11-5585-481-5 05810(전자책)

이 도서의 국립중앙도서관 출판예정도서목록(CIP)은 서지정보유통지원시스템 홈페이지(http://seoji.nl.go.kr)와
국가자료공동목록시스템(http://www.nl.go.kr/kolisnet)에서 이용하실 수 있습니다.
(CIP제어번호 : CIP2015003016)

류산하 선교 에세이

난쟁이 마을

⋮

류산하 글

북랩 book Lab

이 책에 실린 26편의 에세이는 마리온 아줌마 때문에 쓰
게 되었다. 64세의 노년인데도 소녀 같은 느낌을 주는 마리
온. 인형처럼 동그랗고 예쁜 얼굴과 온화한 인품을 지닌 그
녀의 집에서 1년여 동안 하숙할 때, 그녀가 끼친 감화력을
나는 오래 잊지 못했다. 영국을 떠나 몽골에서 살게 된 지
몇 달 후 머릿속에서 그녀가 자꾸 모습을 드러냈다. 처음
엔 막연한 그리움이겠거니 했는데, 차츰 그녀가 내 안에서
어떤 '그림'이 되고 싶어 하는 것처럼 느껴졌다. 몇 번이고
스케치가 그려졌다 지워지고 잊을 만하면 또 그려졌다. 안
되겠다 싶어 어느 밤 나는 글로 그녀를 형상화해보기 시작
했다. 글로써 그녀를 그린다면 그녀는 어떤 모습일까.

그렇게 쓰인 '마리온 아줌마'는 실 꾸러미처럼 또 다른 그
림들을 계속 달고 올라왔다. 짧았던 영국 체류 기간 동안
만난 사람들과 일상들이 머릿속에서 자꾸 꿈틀거렸다. 그
래서 또 몇 편의 글을 썼다. 그렇게 시작된 글이 마침내 이

책 한 권을 이루었다.

　3년 반의 몽골 체류를 마치고 귀국한 후 우연한 기회에 『크리스찬 창조문예』라는 기독교 문학잡지의 편집진과 '마리온 아줌마' 얘기를 하다가, 1년간 연재해보면 어떻겠느냐는 제안을 받았다. 그래서 영국과 몽골에서 체류했던 5년여의 기억을 더듬기 시작했고, 기다렸다는 듯 기억 속의 인물과 사건들이 글로 형상을 입기 시작했다. 그 중 몇 편은 당시 창간된 기독교 문학잡지 『믹스 앤 매치』와 『청소년 매일성경』에 발표하기도 했다.

　컴퓨터에 저장된 이 글들의 파일을 지워버려야겠다고 생각한 적이 있었다. 너무 오래 전 이야기들이라 뒤늦게 책으로 출판해서 무엇 하겠는가. 잡지에 한 번 연재한 것으로 끝내도 좋을 듯싶었다. 하지만 끝내 파일을 지울 용기를 얻지 못했다. 마침내 나 자신조차 이 일들을 전혀 기억할 수 없는 때가 온다면? 하는 의문이 번번이 아쉬움을 남겼다. 그래, 가장 열정적이고 섬세하고 지각이 살아 있던 내 젊음의 절정, 안에서 분출되는 사랑과 고통을 어느 누구와도 나눠 가질 수 없게 철저히 혼자였던 시간들, 그때의 기록들을 한 권의 책으로 빚어 나 자신에게 선물하자. 혼자 견뎌야 했던 고독한 날들을 돌아보면 이 책 한 권쯤 선물로 받아도 큰 사치는 아닐 것 같았다.

　널리 알릴 만하지도 않고 그럴 필요도 없는 글들이어서

몇 권 손 안의 책으로만 찍는다. 얼마 전 오랜 친구에게서 "난 너의 30대를 잘 몰라." 하는 말을 들었다. 그때 이 책을 건네줄 수 있다면 다른 말이 필요치 않겠다 싶었다. 이렇듯 나의 친근하고 소중한 '친구'들에게 조그만 목소리로 부담 없이 건네줄 수 있다면, 그것으로 이 책의 가치는 충분하다. 그리고 모든 기억이 가물가물해지는 때가 와서, 그때 이 책을 펼쳐보며 옛 나, 낯선 나를 만나게 된다면, 그때 나는 또 한번 새로워질 수 있을 것이다.

누군가 거실 마룻바닥을 삐걱거리며 시끄럽게 발자국 소리를 들려주는 사람이 있다면……, 하는 사소한 일이 몽골의 내 집에서는 얼마나 요원하며 불가능한 소원이었던가. '선교' 하면 거대담론만 생각하거나 본국의 인력과 물자를 동원하기에 급급해 하는 사람들이 아니라, 제 살을 파먹는 듯한 고독과 싸우면서 오늘도 한 사람의 이방인으로서 또 다른 이방인 친구를 위해 저녁 식탁을 차리고 있을 나의 동료들, 그리고 일일이 말할 수 없었던 지나온 내 삶을 궁금해 하는 나의 친밀한 친구들에게 이 책을 바친다.

프롤로그

1.

서른 무렵, 한번도 생각해본 적 없는 방향으로 내 삶의 핸들이 꺾이고 있음을 어렴풋이 느끼기 시작했다. 프란시스 쉐퍼의 빛나는 책들을 읽으며 성경적 세계관을 꼼꼼히 정비해 나가려 애쓰던 때였다. 팽팽히 당겨진 줄을 누군가 낯선 칼로 단번에 끊어, 묶여 있던 배가 탄력을 받아 '하얀 바다'로 속도감 있게 출항하는 아침. 이것이 내가 서른을 맞을 무렵 머릿속에 그려지던 이미지다.

하얀 바다였다. 하늘도 하얗고 바다도 하얘서 하늘과 바다의 경계가 보이지 않는 망망대해. 왜 그런 이미지가 그렇게 분명히 그려졌는지 그때는 알 수 없었으나, 돌이켜보니 전혀 예측 못 했던 미지의 세계가 나를 기다리고 있었기 때문인 것 같다.

초등학교 6학년 때 크리스마스 성가 연습이 끝나고 대표 기도를 하며 예수 그리스도를 구주로 고백한 이후, 휴지기를 거쳐 20대 중반 다시 만난 하나님. 그때 나는 모든 것이 정지했다. 그전에 읽던 책들을 더 이상 읽을 수 없었고, 그전에 꾸던 꿈들을 꿀 수 없게 되었다. 문학교 소설파를 믿는다고 당당히 써놓은 일기를 평안한 마음으로 다시 읽을 수가 없었고, 잊을 만하면 도지던 독일 유학의 꿈을 계속 유지시키기 어려워졌다. 왠지 모르지만, 내 안에서 뭔가가 자꾸 파괴되며 지각변동이 일어나고 있었다.

사도 바울은 다마스커스 도상에서 부활하신 예수 그리스도를 만난 후 사흘간 시각을 잃는다(사도행전 15장). 엘리사벳이 세례 요한을 잉태했을 때 요한의 아버지인 제사장 사가랴는 벙어리가 되었다가 요한 출생 후 입이 열린다. 그때의 일을 성경은 "그가 나와서 그들에게 말을 못 하니 백성들이 그가 성전 안에서 환상을 본 줄 알았더라."(누가복음 1:22)라고 기록하고 있다. 이처럼 인간이 '환상을 보면,' 즉 하나님을 경험하게 되면, 결코 이전의 자신으로 존재할 수가 없어진다. 나도 장님이 되고 벙어리가 된 것일까. 이전의 내가 밑바닥까지 파괴되고 있었다.

그리고 하나님의 부르심을 느끼기 시작했다. 선교에 눈곱만큼의 관심도 없던 내가 별 뜻 없이 참여한 필리핀 선교여행을 통해 선교사로 부르시는 주님의 음성을 듣게 되었다. 당시의 에피소드 아닌 에피소드가 떠오른다. 어느 여름날 나는 필리핀 선교여행에 좀 다녀오지 않겠느냐는 청년부 전도사님의 느닷없는 전화를 받았다. '선교'라는 말에 저항감을 느낀 나는 대뜸 "돈 없는데요."라고 했다. 그러자 "이번 달 월급 탄 것 갖고 갔다 와." 하신다. 이번 달에 직장을 그만두기로 되어 있지만, 어쨌든 월급을 타는 건 사실이므로 핑계거리가 없어진다. 그러자 우비가 없다는 핑계거리가 떠오른다. '우기의 필리핀을 가려면 우비가 필수일 텐데, 우비를 어디서 사야 하나? 다행이다, 나는 우비 파는 곳을 모른다.' 더없이 홀가분해졌다.

그런데 그 다음 주일, 좀 늦은 시간에 청년부실로 올라갔다. 우리 청년부에서 1년에 두세 번씩 여는 물물교환 바자회가 진행 중이었다. 거의 끝나갈 무렵이라 별생각 없이 어슬렁거리는데, 갑자기 한 자매가 "언니, 우비 안 필요해요?" 하며 불쑥 손을 내민다. 내가 좋아하는 비취색으로 손바닥만 하게 우비가 포장되어 있다. 순간 "우비 여기 있으니 필리핀 갔다 와!" 하시는 하나님의 음성으로 들린다. 우비 같은 건 다른 사람에게 입 밖에 낸 적도 없는데 웬일이람? 우비를 받아들었다. 그리고 몇 주 후 필리핀 행 비행기에 몸을 실었다. 나의 첫 해외여행이었다.

2.
약골인 내가 필리핀 여행 동안 지친 적이 거의 없었다. 두 시간 자고 새벽 배를 타러 출발할 때도 꼬딱꼬딱 의식

9

이 일어섰다. 향이 강한 필리핀 음식을 먹지 못하면서도 기운이 떨어지지 않는다. 최상의 컨디션이었다.

민다나오 섬의 어느 농가에서는 '꼭 여기 다시 오리라'고 생각하며 주소를 적었다. 총격을 일삼으며 외국인 여행객을 습격하는 이슬람 근본주의자들과 공산 게릴라들이 득실댄다는 민다나오의 어느 야산을 장총 멘 군인 한 명 의지하고 올랐다. 꼭대기에 나무로 얼기설기 지은 교회가 하나 있다. 나무의자에 앉아 짤막한 기도를 드리고 산을 내려다보는데 순간, 온 산에 하나님의 영광이 가득한 느낌. 성령께서 그 산에 기름을 부으신 것처럼 온 산이 기름져 보이고, 무장 폭력 세력에 대한 가소로움에 나는 코웃음을 쳤다. 그날 나는 내 노트에 '온 산에 하나님의 영광이 가득했다'라고 썼다.

이듬해 초여름, 교회 차원에서 해외 선교여행 프로그램이 확대되었다. 무슨 인연이었을까. 나라로서의 몽골이 존재하는지도 잘 모르던 때, 안중에도 없던 몽골 선교여행을 가게 되었다. 이 역시 교회 친교실에 앉아 노닥거리다가 우연히 발생된 일이었다. 5박 6일의 여행을 마치던 날 나는 이곳에 반드시 다시 오게 되리라는 예감을 분명히 느끼고, 일행에게 그대로 고백했다. 그리고 3년 후인 1997년 4월부터 2000년 11월까지 3년 반을 그곳에서 살았다. 불과 2-3년 전까지만 해도 생각해본 적 없는 삶의 새로운 궤도 속으로 옮겨진 것이다.

하나님은 창조주시고, 나는 피조물이다. 창조주의 부르심 앞에 피조물은 순종과 불순종, 두 길의 기로에 선다. 불순종의 선택을 할 수도 있겠지. 그러나 성경을 통해 경험하게 된 하나님의 영광이 나를 순종의 길로 데리고 간다. 하나님의 주권을 나는 넘어서지 못한다.

그렇게 시작된 5년여의 선교사 생활, 그것은 나의 첫 외국 생활이기도 했다. 가족과 친구. 한국이라는 우물 속에서만 살아온 내가 우물 밖의 낯선 이들을 친구로 삼고 나그네로 사는 유랑의 삶. 그것은 마치 새가 밖으로 나오려고 알 껍질을 가느다란 부리로 두드려대는 줄탁의 시간 같은 것이었다. 창조주의 높으신 뜻 앞에 한없이 거추장스러운 내 육신의 한계들 때문에 흘리던 눈물들, 이방인으로서 낯선 환경과 이국 문화 속에서 첨예하게 날이 서던 의식들, 고독 속에서 주체할 수 없이 차오르던 감수성의 물결들, 혼자였기에 전인격을 다해 상대할 수 있었던 나의 외국인 친구들, 그리고 그 모든 것들 너머에 계시는 하나님과의 교제와 사랑. 그 소소한 기록들이 여기 있다. 감정과 정서의 부침浮沈이 잦은 젊음의 때에 주님과 동행하며 내면의 파도를 잠재우던, 잊으려야 잊을 수 없는 그 환하고 어두운 낮과 밤의 기록들을 열어 보이기로 한다.

차 례

제1부

마리온 아줌마

마리온 아줌마

그녀는 64세의 나이에도 소녀처럼 발랄하고 다정했다. 그녀가 남긴 기나긴 여운은 기억의 회랑을 울리며 돌아 나오는 종소리처럼 아직도 내 가슴을 따뜻하게 한다.

할머니라고 부르기에는 너무 젊고 활력 있었기 때문에 나는 그녀를 늘 아줌마라고 부른다. 내가 수업을 마치고 돌아오면 재빨리 음식을 준비해 저녁상을 차려주던 마리온. 시장기에 젖은 채 2층 내 방에서 잠시 휴식을 취하는 동안 주홍빛 카펫이 깔린 계단을 타고 올라오던 향기로운 음식 냄새가 아직도 생생하다.

그녀는 매사에 긍정적이고 낙천적이었다. 투명하고 맑은 고음의 목소리를 가진 그녀는 언어공부를 하는 나에게 "내 영어는 퀸 잉글리쉬(Queen English)야." 하면서 듣기 연습을 시켜주곤 했다. 나 혼자 밥을 먹을 때도 맞은편에 앉아 그날 집에서 일어난 일들을 자세히 이야기해주고, 학교에서 무슨 일이 있었는지 묻곤 했다. 때로는 앨범을 꺼내 일일이 사진 설명을 해주고, 때로는 지도를 꺼내 영국 일주여행을 시켜주기도 했다. 그때 나는 그녀가 원래 수다스러워서 그러는 게 아니라는 것을 알았다. 이역만리까지 날아와 자기 나라 언어를 공부하는 나를 그녀는 돕고 있었던 것이다. 그런 의미에서 그녀는 나의 가장 친숙하고 훌륭한 언어 교사였다.

다소 심각한 기질의 나는 그녀 때문에 곧잘 상쾌해지곤 했다. 30대 초반이었던 내가 64세 노인의 열정으로 힘을 얻은 것이다. 영국 정부가 주관하는 국제 자격증 영어시험이 있던 날, 말하기와 듣기 시험에 대한 부담 때문에 나는 마침내 평정을 잃고 말았다. 집에서 시험장으로 갈 시간을 기다리다 시험 시간을 한 시간 반쯤 앞두고 어찌할 바를 모르도록 나는 초조해졌다. 2층 방에서 혼자 기다리다가 참을 수 없어져서, 1층 부엌으로 내려가 마리온을 붙들고 초조해서 못 견디겠다고 하소연했다. 그러자 그녀는 얼른 따뜻한 홍차 한 잔을 끓여주고는, 차를 마시고 밖에 나가 잠깐 산책을 하고 오라고 했다. 시험 시간에 맞추어 학교까지 그녀의 남편 알릭이 나를 바래다주어야 했기에, 산책에서 돌아올 시간을 그녀는 정해주었다. 과연 그 처방은 효과가 컸다. 어느새 평안해져 나는 돌아왔고, 그날 차분히 시험을 치렀다. 지금 나에게 그 시험 결과는 아무 의미가 없다. 하지만 그때 마리온이 보여준 민첩하고 지혜로운 처방은 지울 수 없는 추억이 되어 남아 있다.

그러나 내가 마리온을 아름다운 사람이라며 잊지 못하는 이유는 그녀가 나에게 어머니처럼 온정을 베풀었다는 이유 때문만은 아니다. 그보다는 그녀와 남편 알릭이 일관성 있게 보여준 삶의 모습, 그들 존재(Being)의 모습 때문이다.

마리온과 알릭은 2차 세계대전이 끝난 지 얼마 안 된 가난하고 어려운 시기에 결혼했다. 기차 통학을 하는 동갑내기 고등학생이었던 그들은 기차 안에서 만나면 서로 수줍어할 뿐이었다. 농업전문학교를 졸업한 알릭은 취직을 해야 했는데, 취직에는 기혼자가 유리했다. 알릭은 참한 스무 살의 처녀 마리온에게 청혼했고, 순종적인 마리온은 당연히 그래야 하는 줄 알고 청혼을 받아들였다.

"그 시절엔 참 힘들었었지. 알릭이 그나마 얻었던 직장을 잃고 나서 우린 몇 년 동안 정말 힘들게 살았어."

마리온은 그 시절에 찍은 손바닥만 한 흑백 사진들을 보여주며 말했다. 그 사진들 속에서 그녀는 때로는 힘겨워 보이는 젊은 임산부의 모습으로, 때로는 품에 안은 큰딸 다이애나를 내려다보며 웃는 행복한 엄마의 모습으로 나타나곤 했다. 그 뒤로는 항상 허름한 집이 배경으로 서 있었다. 가난 속에서 미래의 단꿈을 지어나가던 신혼집이었을 것이다. 세계대전이 끝난 지 10년도 지나지 않은 때, 세계를 주름잡은 강대국 영국이라고 해서 전쟁의 폐해가 없었겠는가. 모두가 전쟁의 상흔을 다독이며 번영을 되찾고자 애쓰던 때였을 것이다.

마리온은 첫 아이를 사산하는 시련을 겪기도 했다. 사경을 헤매는 마리온을 두고 의사가 알릭에게 물었다.

"아내를 살리겠습니까, 아니면 아이를 살리겠습니까?"

알릭은 주저 않고 대답했다.

"아내를 살리겠습니다."

마리온은 살고 아이는 죽었다. 그 후 마리온은 아들 둘 딸 하나를 낳았다. 그 아이들은 지금 모두 평범하면서 훌륭한 부모가 되어 있다.

그런 고난의 시기를 보내면서 마리온 부부는 하나님을 깊이 의지하는 생활을 배우게 된 것 같다. 그들의 신앙은 성숙하고 견고해 보였다. 내가 부엌에서 간단한 아침식사를 마치고 학교에 가기 위해 거실 문을 스치며 복도로 나올라치면, 거실에서 나지막한 그들의 목소리가 들려왔다. 열린 문틈으로 살짝 들여다보면, 창가에 놓인 소파에 마주 앉아 함께 머리를 숙인 채 기도하고 있었다. 하루도 빠짐없이 이어지는 그 기도소리를 들으면서 나는 마리온이 언젠가 내게 했던 말대로, 그 속에는 나의 평안과 안전, 나의 결혼과 미래를 위한 간구도 포함되어 있다는 믿음 속에서 문을 나섰다. 이혼율 50퍼센트가 넘는 자유분방한 영국 사회에서 두 아들과 딸이 한 명도 이혼하지 않고 애정 가득한 가정을 유지하고 있는 비결이 어디에 있는지 알 것 같았다.

마리온은 큰딸 다이애나를 무척 자랑스러워했다.

"다이애나는 정말 훌륭한 딸이야. 내 딸이지만 정말 훌륭해."라고 그녀는 말하곤 했다. 마리온이 다이애나를 그렇게 자랑스러워하는 이유는 별다른 게 아니었다. 당시 마흔이었던 다이애나는 아이가 여섯이나 되었다. 아들 넷 딸 둘의 여섯 아이 외에도 그녀는 세 명의 외국인 하숙생을 두고 있었다. 마리온은 바로 이렇게 가정적이고 전통적이며 부지런한 딸의 모습을 자랑스럽게 여겼다. 다이애나와 그 가족들을 만나보았을 때 과연 그럴 만도 하다는 생각이 들었다. 다이애나는 열정적이면서도 무척 점잖아 보였고, 온 식구가 건강하고 행복해 보였다. 하지만 다이애나의 그런 건강과 열정은 어머니 마리온에게서 물려받은 것이라고 생각되었다.

마리온 아줌마네 가정이 갖고 있는 건강함과 전통적인 모습은 참 돋보였다. 전체 가정의 반 이상이 파괴되어 사실상 가족이라는 개념이 거의 존재하지 않는다고 스스로들 진단하는 영국 사회이기에 더욱 그랬다. 겉으로 볼 때 영국 사회는 윤리와 도덕, 가치관의 상실로 생명력을 잃고 마치 사회 전체가 병중인 것처럼 느껴졌다. 다른 친구들의 하숙집을 방문해 보아도 그랬고, 날마다 방송되는 BBC 텔레비전 프로그램들도 그랬다. 잔인하다기보다는 병적인 범

마리온의 가족들과 함께. 뒷줄 오른쪽 두 사람이 마리온 부부,
뒷줄 왼쪽에서 두 번째가 큰딸 다이애나다.

죄들이 거의 매일 빼놓지 않고 보도되곤 했는데, 그것이 유
럽 사회의 병리성을 잘 보여주었다. 바로 그런 사회 속에서
영국인의 전통적인 보수성과 청교도적인 신앙이 혼재된 모
습은 정말 귀하게 느껴졌다. 비록 사회가 아무리 노쇠 현
상을 보이고 쇠락해갈지라도, 바른 전통을 고수하며 가치
를 부여잡고 사는 소박한 사람들이 있음을 확인하는 것은
참 기쁘고 위안이 되는 일이다.

아마도 전쟁의 폐허 속에서 가난과 고통을 겪으며, 그것
을 연단의 자리로 알아 신앙으로 감내하고, 그 바탕 위에
가정을 일구어온 마리온 부부의 젊은 날의 역사가 그런 가
정을 빚어낸 비결 아니었을까.

벌써 오랜 시간이 흘렀다. 수년 전 나는 당시 길 건너편 마리온의 친구 집에서 하숙했던 후배로부터 마리온이 치매에 걸렸다는 슬픈 소식을 전해 들었다. 가슴 한 구석이 쓸려나가는 듯했다. 언젠가 꼭 한번 다시 찾아가야지 하며 별러왔으나 실행하지 못한 채, 나는 그녀에게 기억 바깥의 사람이 되고 말았다. 마음은 굴뚝같아도 먼 영국까지 날아갈 기회를 만드는 게 어디 쉬운가. 내가 몽골에 머물 때 해마다 빼놓지 않고 크리스마스카드를 보내오던 그녀. 그곳을 떠나온 뒤 내 변경된 주소를 알려줬어야 하는데 게을렀다. 어쩌면 내 이름으로 열어둔 우체국 사서함에 그녀의 카드가 몇 해 계속해서 소복이 쌓였을지도 모른다. 그리고 이미 그녀는 이 세상 사람이 아닐지도 모른다. 그녀를 다시 만나지 못한 것이 나의 큰 실책으로 여겨진다.

마리온 아줌마의 사랑과 기도의 보호 속에서 살았던 길지 않은 영국 생활에 대해 누군가에게 아직도 가끔 이야기를 들려주곤 하는 것도, 또 내가 본머쓰의 하숙방을 잊지 못해 자주 회상에 젖는 것도 나의 아름다운 마리온 아줌마 때문인 것 같다.

스프 한 그릇을 위하여

그냥 스치고 말 일상의 부스러기 같은 일들이 특별한 의미를 띠고 다가올 때가 있다. 그날도 그랬다. 토요일에 있는 1일 여행 프로그램으로 런던에 갔다가, 저녁 9시쯤 귀가하여 현관문을 들어서는데 마리온이 물었다.

"Are You hungry?"(배고파?)

그녀는 내가 귀가하면 언제나 변함없이 나의 식사 상황부터 살핀다. 그녀의 사랑은 늘 식탁을 통해 내게로 흘러왔다. 내가 들어서자마자 그녀는 부엌으로 식사 준비를 하러 들어간다. 2층의 내 방에서 옷을 갈아입고 1층으로 내려오면, 마리온과 알릭이 부엌과 거실을 들락날락하면서 식탁을 차린다. 식탁이 다 차려지면 점심에 빅 밀(big meal)을 먹은 알릭은 저녁거리로 비스킷과 홍차 한 잔을 들고 안락의자에 앉아 텔레비전을 켠다. 그리고 마리온은 내 맞은편에 앉아 그날 하루 동안의 일들을 들려주기 시작한다. 그 이야기를 들으며 나는 스테이크를 주 메뉴로 한, 영국 정통 상차림으로 차린 음식을 맛있게 먹곤 했다.

그날 저녁 나는 귀갓길에 배가 고파 휴게소에서 간단한 저녁식사를 했다. 그러나 아무것도 안 먹기에는 왠지 섭섭하여 가볍게 요기할 만한 것(a very small thing)을 달라고 했다. 그러자 마리온은 특유의 쾌활함으로 "Oh, I see. A very small thing." 하고 맞받아 대답하더니, 잠시 후 크림 스프 한 컵을 내왔다. 피곤하여 내 방에서 쉬면서 먹으려고 뜨거운 스프를 들고 조심조심 계단을 밟아 2층으로 올라왔다. 책상에 스프를 올려놓고 신발을 벗어 편한 실내화로 갈아 신은 후 의자에 앉았다. 그리고 컵에 손을 갖다 대는데, 순간 눈물이 핑 돌았다.

'이 한 컵의 스프를 위하여 오늘 내가 무엇을 했는가?'

예상치 못한 질문이 마음을 기습해왔다. 곧이어 명쾌하게 대답도 떠올랐다.

"Nothing."

한국어로 '아무것도 안 했다'라는 대답보다 영어로 떠오른 이 'Nothing'이라는 대답이 그 순간 얼마나 생생하게 의미가 전달되었는지. 정말 나는 그날 그 한 컵의 스프를 위해 아무것도 한 일이 없었다. 그것을 사기 위해 노동하지도 않았고, 부엌에 내려가 그것을 끓이지도 않았다. 그날 나는 처음으로 런던 여행을 가서 마냥 들뜬 채 성 바울 성당이며 내셔널 갤러리 등을 구경하느라고 온종일 쏘다닌

것밖엔 없었다. 성 바울 성당의 위용에 놀라 큰 충격을 받고 돌아온 것밖에 없었다.

한 컵의 스프를 위하여 아무 일도 하지 않았다는 것을 깨닫고 그것을 그냥 먹을 수가 없었다. 한동안 목이 메어 컵을 물끄러미 바라보았다. 그것이 완벽한 은혜라는 생각이 차올랐다. 거저 주어진 것이니 은혜 아닌가.

그 작은 일을 통해 나는 귀중한 가르침을 받고 있었다. 막 선교사로 출발하려는 나에게 나 자신의 선교사 됨은 순전히 은혜로 된 것임을, 그 생활 자체가 은혜의 삶임을 성령께서 가르치고 계셨다. 선교훈련 동안에 배운 것도 바로 이것이었다. 자율적인 존재인 줄 알고 패기만만했던 나.

마리온의 집. 여기서 9개월간 하숙을 했다. 앞에 알릭의 차가 세워져 있다.

하지만 인간이 얼마나 하나님께 의존적인 존재인지. 하나
님을 의존하지 않으면 영적으로나 육적으로나 죽을 수밖
에 없는 존재라는 것. 사람은 하나님이 거두지 않고 그냥
내버려두시면 온전히 살 수 없는 존재라는 것을 깊이 마음
속에 새겨왔었다. 그런데 선교사가 되었다고 해서 무엇이
다르랴.

흔히들 선교사는 무언가를 베풀러 가는 사람, 도우러 가
는 사람, 오지에 혼자 당당히 갈 만한 슈퍼맨, 슈퍼우먼으
로 생각하는 것 같다. 딱히 입으로 그렇게 말하지 않더라
도 선교사를 대하는 사람들의 반응을 통해 그것을 읽는
다. 선교사 자신도 때로는 착각하여, 더 이상 은혜 받을 것
없는 강한 사람처럼 행세하기도 한다. 그러나 모든 이들과
마찬가지로 선교사도 은혜 받아야만 사람 행세하고 살아
갈 수 있는 하나님의 어린 자식이다.

그날 한 컵의 스프를 마시며 느꼈던 감동은 선교사 초년
생에게 '선교사가 누구인가' 하는 물음에 관해 잊지 못할
교훈을 새겨주었다. 실제로 선교지에서 나는 하루하루 얼
마나 하나님의 은혜가 필요했던가. 죄를 용서받는 은혜, 내
연약함을 도우시는 은혜, 외로울 때 함께하시는 은혜, 누군
가가 미워 견딜 수 없을 때 그 사람이 밉다고 마음껏 고백
하도록 놓아두시는 은혜, 그리고 선교사로 부르심 받은 은
혜……. 두터운 죄의 본성을 지닌 인간이 일생 동안 거룩

한 하나님의 일을 마음껏 할 수 있도록 허락 받은 것 자체가 커다란 은혜다. 부족한 나는 이처럼 '은혜 받은 자'라는 자부심을 가지고 마음 놓고 살아간다.

유러피안 케니

케니는 내가 다니던 언어학교의 영어 교사다. 그와 함께
첫 수업을 하는 날 나는 가벼운 수심에 잠겼다. 3, 4주일만
지나면 다시 교사가 바뀌게 되어 있지만, 그 짧은 기간 동
안이라도 그와 함께 공부하면 꼭 내가 미쳐버릴 것 같았다.
케니가 그날 보여준 모습은 한 마디로 정서 불안이었다. 끊
임없이 왔다 갔다 하며 음담패설을 쉬지 않는 모습이 얼마
나 불안해 보였는지. 그날 나는 처음 보는 낯선 동물을 만
났을 때와 같은 경계심 어린 시선으로 그를 관찰했다.

하지만 1주일 정도 지나자 익숙해졌다. 첫 날의 불안이
사라지고, 그가 창출해내는 유머에 나도 박장대소할 수 있
게 되었다. 그의 수업은 머리 돌릴 틈 없이 빠른 속도로 진
행되며 연신 폭소바다가 되곤 했다. 어느 새 나도 그런 분
위기에 자연스럽게 젖어들어, 나중엔 너무 재미있어졌다.
그 후 알게 된 것은 그가 매우 재능 있는 젊은이요 특별한
직업의식을 지니고 학생들 앞에 서는 성실하고 유능한 교
사라는 것이었다. 그는 영어 공부가 학생들에게 지루한 일

임을 잘 알았기에 그토록 속도감 있게 수업을 진행시켰던 것이다.

그의 수업은 항상 시끌벅적했다. 걸핏하면 큰 소리로 박수를 쳐대며 학생들의 주의를 끌었다. 한시도 딴 생각이나 딴 짓을 할 겨를이 없었다. 계속 한 사람 한 사람 이름을 불러대며 학생들을 수업 속으로 끌어들여 누구 하나 소외되는 사람이 없었다. 그렇게 거명할 때마다 어김없이 기막힌 농담으로 교실을 웃음바다로 만들었다. 그런 폭소 뒤에 그는 제법 진지하게 "I am a professional teacher."라는 말을 덧붙이곤 했다.

실제로 그는 다른 교사들과 구별되는 특별 자격증을 소유하고 있어서, 젊은 나이인데도 그 학교 교사들에게 영어 교수법을 지도하는 중책을 맡고 있었다. 유도와 조깅에도 일가견이 있고 권투와 관련된 무슨 자격증도 있다고 했다. 유도를 잘하는 어느 프랑스 남학생은 그와 유도 연습을 함께하는 조건으로 싼 값에 그의 집에 하숙하는 특권을 누리기도 했다. 또 그는 영어 교사의 삶을 주제로 하여 책을 쓴다고도 했다. 그 책을 쓰는 목적이 무엇이냐고 묻자 사회 교육을 위해서라고 대답했다.

첫 수업 때 그를 그토록 경계하던 내가 3, 4주 후 반이 갈리게 되었을 때는 너무 섭섭했다. 마지막 수업을 마친 후, 함께 공부했던 열두어 명의 학생들 모두가 돈을 모아

산 초콜릿을 선물로 건네고는, 아무 말 못 하고 물끄러미 그를 바라다보며 서 있었다. 모두가 아쉬움과 감사의 마음이 뒤범벅된 채 서운해 했다. 그때 그가 살짝 눈시울을 적시는 게 보였다. 하지만 눈물을 내보일 그가 아니다. 그답게 얼른 무슨 농담인가를 하여 또 한바탕 웃음바다를 만들어놓고 교실 문을 나갔다. 3, 4주 만에 반이 바뀌는 건 늘 있는 일이므로 학생들이 교사와 그렇게 감동적인 작별을 하는 일이 그때 말고는 없었다. 교사가 바뀌는지도 모른 채 다음 날 학교에 가보면 바뀌어 있는 게 보통이었다.

케니는 상처가 많아 보였다. 솔직한 그는 수업시간에 자라온 환경에 대해 서슴없이 털어놓곤 했다. 폭군적인 아버지는 늘 가정에서 폭력을 휘둘렀고, 어머니와는 사흘이 멀다 하게 부부싸움을 했다. 그쪽 문화에서는 자연스러운 모양이긴 했으나, 그는 아버지를 아버지라 부르지 않고 이름으로 부르며 살았다. 어느 날 그가 수업시간에 해준 이야기 한 토막은 지금도 생각하면 가슴에 살짝 아픈 줄을 그으며 지나간다. 오래 헤어져 살던 아버지가 입원했다는 소식을 듣고 그는 병문안을 갔다. 아버지는 그때 말도 간신히 할 정도로 몸이 불편했다. 그런 아버지의 침대 앞에 의자를 놓고 앉아 책을 읽던 중 무심코 침대 가에 발을 올려놓았다. 그런데 말도 제대로 못 하는 아버지가 겨우겨우 그를 불렀다.

"케니."

아버지가 간절히 원하는 게 있나보다고 생각한 그는 몸을 숙이면서 아버지의 입에 귀를 갖다 댔다. 그러자 아버지는 언짢은 어조로 말했다.

"발 치워!"

우리에게 그 말을 하는 케니의 표정에 분노가 스쳤다. 그때 그가 느꼈을 마음의 거리감과 분노가 나도 느껴지는 듯했다. 지구 이쪽이나 저쪽 모두 인간이 지닌 죄의 깊이와 상처는 별반 다를 게 없음을 새삼 확인했다. 그에게서 자주 느껴지던 다소 위압적인 태도의 이유가 거기에 있는지도 모른다. 지금도 그때의 케니 모습은 인간 보편적인 고통과 상처에 대한 공감을 불러일으킨다.

자기 몸속엔 멕시코, 스페인, 이탈리아인의 피가 흐르고 있다고 그는 곧잘 말했다. 실제로 그의 외모는 스페인계 냄새를 물씬 풍겼다. 검은 곱슬머리와 이글거리는 듯한 검은 눈. 처음에 나는 그의 눈이 무서워 똑바로 쳐다보기도 힘들었다. 그걸 눈치 챈 그는 어느 날 내게 자기가 무섭냐고 물었다. 눈이 좀 무서워 보인다고 말했는지 아니라고 시치미를 뗐는지 잘 기억나지 않는다. 그는 자기 외모를 사람들이 무서워하는 것 때문에 곤혹스럽다고 했다. 그렇게 여러 민족의 피가 흐르는 다중의 혼혈아 케니. 어쩌면 처음에 그토록 정서가 불안해 보인다고 거부감을 느꼈던 것도 그 때문인지 모르겠다.

어쨌든 케니는 직업의식이 투철하고 학생들을 잘 다루는 탁월한 교사이자 이방에서 만난 독특한 인간형으로 기억된다. 그러면서도 무언가 길들지 못하고 정처 없어 보이는 방랑기, 게다가 개방적인 서양 사회에서마저도 입에 올리는 게 금기라고 하는 성적 표현을 거침없이 일삼던 그에게 나는 '유러피안'이라는 딱지를 붙였다. 동양 여학생들은 대체로 그에게 이성으로서의 호감을 가지지 못했으나, 스페인이나 독일, 폴란드 여학생들은 그를 사모해마지 않았다. 그걸 보면서 나는 유러피안끼리 통하는 무언가가 그에게 진하게 배어 있나보다 생각했다. 그에게서 나는 상처받은 인간으로서의 동류의식과 더불어 복잡하게 피가 섞인 자유분방함이 주는 이질감을 동시에 느꼈다.

그런데 그를 기억할 때마다 아쉬운 일이 하나 있다. 어느 수업시간에 그는 자기 자신에 대해 고백 조로 이런저런 이야기들을 했다. 그때 나는 그에게 꿈이 뭐냐고 물었다. 그는 우선 집을 하나 장만하고 싶다고 했다. 그런 다음 돈을 많이 벌어 아프리카에 자선병원을 짓고 싶단다. 그런데 그 두 번째 대답이 얼마나 공허하게 들리던지. 첫 번째 대답이 실제적이고 공감할 만한 대답으로 들렸다면, 두 번째 대답은 그래도 인생에서 무언가 의미 있는 것을 추구해야 한다는 휴머니즘 전통이 강한 사회에서 자란 젊은이의, 욕망과 당위 사이의 갈등 속에서 개미소리만 하게 삐져나온 마지못한 대답처럼 들렸다. 평생 안락하게 살 집 한 채 마련한 후에 가난한 아프리카 지역에다 자선병원을 짓겠다는 도식적인 응답이 왠지 너무 시시하게 들렸다. 약간의 치기 또한 느껴졌다.

내가 만난 많은 영국 젊은이들의 꿈은 우리와 마찬가지로 집 한 채 장만하는 일이었다. 이 대답을 빗겨가는 사람을 주변에서 거의 만난 적 없었다. 이혼 후 한국인 여성과 새로 결혼한 아버지를 둔, 엄마와 단둘이 살고 있는 사라도 그랬고, 결혼하여 첫 아기를 본 젊은 제임스도 그랬다. 우울증으로 매일 술에 절어 사는, 영혼이 말할 수 없이 피폐해 보이는 독신 영어 교사 일레인은 높은 이자의 담보를 얻어 집을 장만한 것 때문에 무척 안심하고 행복해 하는 것 같았다. 모두가 집 한 채 장만하는 게 최고의 목표요 인생의 최종 목적인 듯싶었다.

그도 그럴 것이, 극소수의 부유층을 제외하곤 18세만 되면 자동적으로 집을 나와 독립하는 문화 속에서, 너무 일찍부터 학업도 직장도 혼자 해결해야 하는 압박감 속에서, 인생의 높은 이상과 꿈을 계획하기란 쉽지 않을 것이다. 어린 나이에 이 집 저 집 전전하며 셋방살이를 하다가, 생활비를 아끼기 위한 방편으로 쉽게 동거생활로 들어가 버린다고 누군가 귀띔해주었다. 그래서 20대 중반이 넘도록 부모가 학비 대주며 집에 데리고 있는, 멜로 영화의 주인공 같은 외모를 지닌 다리우스는 친구들의 부러움을 한몸에 받았다. 나이 지긋한 한 독신 신사는 나이가 들어도 부모와 함께 사는 동양 사회의 관습이 훨씬 좋은 것 같다며, 서른이 넘도록 부모님과 함께 살아온 나를 부러워했다. 그렇게 말하는 그에게서 온기에 주린 허기가 배어났다. 옆에 수많은 사람을 놔두고도 지지리 외롭게 살아가는 모습들. 그런 그들에게 집 한 채 장만하는 것은 인생을 건 대사가 아닐 수 없는 것이다.

유능한 케니. 상처와 불우한 환경 속에서도 성실성과 인간미를 잃지 않고 따뜻하게 살아가려 애쓰는 케니. 그러나 그 유망한 젊은이의 꿈이 집 한 채 장만하는 데 고정되어 있는 게 나는 못마땅하다. 그가 아까워 보인다. 안락하게 길이길이 살 집 한 채 마련하고 나서 자선병원을 짓겠다니, 그 두 번째 꿈이 얼마나 관념적인지. 그것이 진정한 꿈이라면, 먼저 자선병원을 짓고 그 안에 거처를 마련하면 안 되는 것일까. 그렇게 마련한 집에서 오래오래, 아니 단 1년을 무사히 살 수 있다고 누가 보장할 것인가. 간혹 케니를 생각할 때마다, 어린 시절을 비닐하우스 꽃동네에서 보낸 한 청년이 오래 전 내게 들려준 말이 떠오른다. 예수 그리스도를 만난 후 집 한 칸 장만하는 게 더 이상 꿈이 되지 못하고, 이 세계에 생명나무를 심는 것이 자신의 꿈이 되었다고 한 그 말이.

성 바울 성당에서의 속울음

학교가 주관하는 토요 여행으로 런던을 처음 방문한 날, 어쩌다 보니 우리 동네 사는 프랑스 청년 한 명과 일본인 노총각 아저씨와 하루 종일 함께 다니게 되었다. 초행인 내게 프랑스 청년은 더할 나위 없는 가이드가 되어주었다. 그의 안내로 성 바울 성당과 내셔날 갤러리 두 곳만 돌아보는 데도 하루가 짧았다.

그날의 관광은 내게 커다란 충격을 주었다. 성 바울 성당. 르네상스 이후 절대 봉건주의 시대 때 지어진 바로크 양식의 건축물. 이것이 고등학교 세계사 시간을 통해 배운 성 바울 성당의 프로필이었다. 그러나 그것을 직접 보자마자 나는 입이 저절로 벌어졌다. 이렇게 크고 이렇게 높다니. 건축양식이 어떻든 상관없이 크기만으로도 압도적이었다. 이 교회를 정말 사람이 지었을까, 정말 사람이 저 천정화를 그렸을까, 정말 사람이? 이것이 나의 첫 반응이었다.

곧이어 다른 이미지 하나가 나를 더 깊게 사로잡아왔다. 주일 예배를 위해 그 큰 교회로 매주 모여들고 흩어졌을 사람들. 이쪽 동방에서는 무속을 행하고 '알지 못하는 신'에게 절하면서 온갖 잡신을 섬기던 그 시절, 서방에서는 그 큰 무리들이 주일이면 하나님께 예배드리러 모였다가 흩어지곤 했다! 마치 위에서 내가 그 장면을 내려다보듯 그 이미지가 펼쳐지면서 나를 요동하게 했다. 한 사람이 예수 믿고 3년만 지나도 뜻이 크게 변화되어 삶이 달라지는데, 대영제국이라는 나라는 그렇게 오래 전부터 수많은 인구가 하나님을 예배하기 위해 그 큰 교회를 드나들었구나!

흔히 오늘날 영국 교회는 죽었다고들 말한다. 예배당에 노인들밖에 없고 기독교가 쇠락했다고 쉽게 말한다. 그것은 사실이지만, 그때 성 바울 성당의 위용이 내 눈에 보여 준 것은 현재의 쇠퇴가 아니라 과거의 영화榮華였다. 그들의 찬란한 기독교 역사였다. 바로 그 역사가 있었기에 영국에서 문학과 과학, 예술 방면에서 그토록 창의적인 사람들이 수없이 나올 수 있었던 건 아닐까. 성령의 조명照明과 지혜로 영적인 눈을 떠 하나님의 지혜를 소유하게 된 수많은 인재들, 창의력 있는 그들을 통해 탁월한 문화가 발전된 것은 아닐까……. 그런 생각들이 꼬리를 물고 따라다녔다. 그날 이후 나는 계속 속울음을 울고 다녔다.

"하나님, 우리는 왜 그렇게 늦게 부르셨나요? 기독교 역사 시작 이후 우리는 왜 그렇게 오랜 세월 동안 하나님을 알지 못한 채 살아야 했나요? 기독교 역사 2천 년이 흘렀는데, 우리는 왜 그 중 겨우 100여 년의 역사만 나누어 가져야 했나요?"

'왜, 왜?'라는 질문으로 속울음을 울면서 나는 마치 심하게 편애 당한 아이의 심정이 되었다. 하나님에 대한 서운함이 마음 한 구석에서 떠나질 않았다. 당당하고 의연한 자세로 막 선교사 생활을 시작하려는 나를 그 나라 기독교 역사의 찬란함이 위축시켰다. 우리는 너무 늦어버렸구나. 우리나라에 몇 미터 못 가 약국이 늘어서 있는 것처럼, 그곳에는 몇 미터 못 가 교회가 서 있었다. 안 쓰고 버리는 교회가 보통 200년 된 교회라니. 그 즐비한 교회들을 보면서 나는 뭔가 공평치 못한 느낌으로 착잡해지곤 했다. 그러면서도 나는 뭔가 해답을 찾고 싶었다. 그러던 어느 날 나름대로 결론 내렸다.

'하나님의 주권이라는 거였겠지, 그게 바로.'

사도 바울이 마케도니아로 복음 전하러 가려 하자, 성령께서 그를 다른 곳으로 인도하셨다. 이것이 바로 아시아에서 기독교 문화를 꽃피울 기회를 놓친 역사적 사건이었다고 성경은 답한다. 그렇게 결론 내렸으나 한편으로는, 그 당시 동방에도 누군가 복음을 전했고 그것을 들은 자들이 있었으리라, 그러나 받아들이지 않았을 것이다, 하나님의 주권이 있으면 그에 대한 인간의 반응 또한 있지 않은가, 하는 아쉬움도 쉽게 가라앉지 않았다.

'그렇다면 기독교 역사가 아직 1년도 안 되는 미전도 지역은 어떤가. 내가 가려는 곳은 겨우……'

불현듯 여기에 생각이 미쳤다. 성 바울 성당을 다녀온 후 나를 따라다니던 속울음의 의미가 정체를 드러내는 것 같았다. 100년이 넘는 기독교 역사를 지닌 우리 민족은 그나마 다행이다……. 미전도 지역으로 눈을 돌려야 할 이유가 분명했다. 영국의 위풍당당한 기독교 역사는 파송 후 '거룩한 분위기'에 휩싸여 다소 고양되어 있는 나를 한없이 낮추었다. 어차피 과거의 영화는 우리 것이 아니다. 기독교 역사가 미천한 곳에서 그 역사를 쌓기 위해 부지런히 나아가는 길만이 있을 따름이다. 역사의 연수 자체를 늘리는 것이 중요해서가 아니라, 오래오래 시행착오를 겪으면서 연륜이 쌓이는 가운데 바른 신앙이 자리 잡을 수 있으므로.

나는 가능한 한 서둘러 몽골로 가고 싶어졌다. 결국 영국에서 꼭 필요한 시간만을 보내고 그 다음 해 봄 몽골에 도착했다. 새로 시작된 그곳 기독교 역사의 나이테를 쌓아가는 일에 동참하기 위해서.

이상한 향수병

외국생활 첫 경험이어서 그런지 나는 아주 사소한 일도 민감하고 상큼한 감각으로 받아들였다. 영국에 온 지 한두 달 지나자, 만나는 영국인마다 내게 향수를 느끼느냐고 물어왔다. 처음에는 한국을 떠난 지 얼마 안 되었으므로, 질문받자마자 아니라고 했다. 이제까지 살아온 본국을 떠나 먼 유럽에서 사는 일이 매우 경이로웠으므로 그렇게 빨리 고향이 그리울 리 없었다. 그런데 서너 달이 지나면서 달라지기 시작했다. 그때부터는 왠지 선뜻 대답하기 어려웠다. 순간적으로 미세하고 은밀한 갈등이 일었다.

'나는 몇 달 후면 몽골로 갈 사람이다. 내가 지금 고향인 한국을 그리워한다 해도, 어차피 나는 타국에서 살아갈 사람이므로 그 그리움은 채워질 수 없는 것. 그러니 지금 뭐라고 대답해야 옳은가.'

그 1, 2초 정도의 짧은 시간에 느낀 갈등을 굳이 풀어서 표현하자면 이런 것이었다. 그런데 신기한 것은 그 짧은 갈등 후에 '그렇다'는 결론에 이르는 것이다. 향수를 느낀다.

그래서 그 질문에 일단 '그렇다(Yes)'라고 대답해놓는다. 그리고는 곧이어 몽골을 생각한다. 내가 살 곳은 그 나라인데, 하는 생각이 들면서 그 순간 실제로 몽골에 대한 향수를 느낀다. 결국 내가 돌아갈 땅은 그곳이니까.

그 무렵 몽골은 몇 달이고 꺼지지 않는 산불로 국가적인 재난을 겪고 있었다. 누군가 건네준 한국 『시사저널』에는 불에 그슬린 산기슭에서 전통 옷 델(del) 차림으로 가느다란 막대기를 들고 불을 끄러 다니는 몽골인들의 사진이 실려 있었다. 사진 밑에는 그 큰 산불에 대처할 장비와 능력이 없어 막대기로 불을 끄는 답답한 상황에 관한 긴 글이 쓰여 있었다. 나는 그때 사진 속의 산불이 꼭 내 가슴에서 타는 것 같았다. 몇 년 전부터 몽골에서 살아갈 마음의 준비를 해왔지만, 그때만큼 그렇게 그들의 상황에 감정이입이 되면서 가슴 아팠던 적은 없었다. 활활 타오르는 불에 휩싸인 사진 속 몽골 땅을 그때 나는 온 마음으로 품었다. 가능한 한 영국 체류를 빨리 끝내고 속히 가야겠다며 눈시울을 적셨다.

내 안에서 작은 떨림으로 일어나던 향수는 막대기로 산불을 끄겠다고 동분서주 뛰어다니던 바로 그곳을 향한 것이었다. 하지만 나중에 몽골에 정착한 후 알게 된 것은 몽골인들 자신은 그 일에 별로 신경도 안 쓰고 있었다는 사실이었다. 산불이 났다는 사실조차 모르는 사람도 있었다. 내 가슴에서 훨훨 타던 그 불을 그들은 강 건너 불 보 듯 했던 것이다. 구한말 대원군과 명성황후의 정권다툼이 한창일 때, 조선인들은 그 싸움이 장차 어떤 결과를 가져 올지 짐작도 못 한 채 방관했다. 그러나 미국인 선교사 언 더우드는 권총을 차고 궁중을 드나들며, 명성황후를 보호 하고 조선의 재난을 온몸으로 막으려 했었다. 그 일에 비 유하면 과장일까. 나는 그때 몽골을 향한 향수에 흠뻑 젖 어 하루하루 돌아갈 날을 손꼽아 기다렸다. 몇 년을 살든 선교사에게는 선교지가 고향일 거라고 생각하면서.

그 후 몇 달이 흘러 영국을 떠날 때가 되었다. 나는 가까 이 지내던 한국인 선교사 가정과 작별해야 했다. 그들 역 시 머지않아 캄보디아로 떠날 사람들이었다. 그들은 가족 도 없이 혼자 떠나야 하는 나를 몹시 안쓰러워했다. 그러 나 나는 아이가 둘인 그들을 볼 때마다, 내전 중이어서 불 안하기 짝이 없는 곳으로 아이들이 부모를 따라가야 할 일 이 더 안쓰러웠다. 그래서 마지막으로 그 집에 초대받아 갔 을 때, 예쁜 카드에다 그들을 한껏 축복하는 글귀를 써서 선물했다. 그리고 문간에서 서로의 앞날에 대해 복을 빌며 진한 포옹을 나누고 헤어졌다. 그것은 선교지로 떠나는 사 람의 마음을 아는 사람들끼리 주고받는 작별인사였다. 우 리의 이별 장면을 지켜본 유학생 한 명이 눈물지었다. 다소 거칠지만 언니, 언니 하며 나를 곧잘 따르던 한인교회 자매였다. 작별인사를 마치고 돌아서 나오는데 그녀가 말했다.

"언니, 이 장면을 보니까 선교사가 어떤 사람들인지 조금은 알 것 같아요. 하지만 그 마음을 선교사가 아니면 어떻게 알겠어요?"

선교사는 '떠나는 사람'이다. 거기가 어디든 가야 할 곳으로 떠나야 한다. 떠나가 그곳이 고향인 것처럼 정착하고, 정착한 그곳을 또 내 땅이라고 고집하지 않으며, 언제든 때가 되면 다시 떠날 마음가짐으로 산다. 할 일이 기다리고 있고 함께 살 사람들이 기다리고 있는 곳으로 말이다.

그러므로 선교사는 늘 태어난 고향, 자라난 본국을 그리며 살 수 없다. 그가 가는 곳이 고향이다. 그런데도 본국에 가 있으면 정들인 타국을 그리워하고, 타국에 가면 자라난 본국을 그리워한다. 좋게 말하면 가는 곳마다 고향이고, 나쁘게 말하면 가는 곳마다 타향이다. 누군가가 자기는 선교지를 너무 사랑하기 때문에 본국이 전혀 그립지 않다고 말한다면, 그것은 선교지에 그만큼 익숙해지고 그곳을 사랑하게 되었으며, 선교사로서 연륜이 깊어졌다는 뜻의 과장일 것이다. 또 누군가 자기는 선교지에 있어도 본국이 많이 그립다고 말한다면, 그것은 선교지를 많이 사랑하게 되었고 행복한데, 가끔 자신의 뿌리가 본국 땅이라는 것을 한번씩 상기해본다는 뜻의 과장일 것이다. 선교사는 본국과 타국, 또 언제 다시 다다를지 모를 또 다른 고향을 향해 항상 마음을 열어놓고 살아가는 이상한 향수병을 앓으며 산다.

몽골에서 평생을 보낼 작정으로 그곳에 정착했던 나는 어쩐 일인지 수년 후 다시 한국으로 돌아와 살고 있다. 이곳에서 살아온 연수가 더 많기 때문에 아무래도 이곳이 더 익숙하고 편하다. 그러나 언제든 떠나갈 마음의 준비를 한다. 내 삶의 터전이 이 땅에만 제한되어 있다고는 생각하지 않기 때문이다. 때가 되면 또다시 떠나가야 할 또 다른 고향이 기다리고 있을 것만 같다. 그래서 '나그네'를 인도하기 기뻐하시는 하나님의 세미한 음성에 귀를 열어놓는다.

순이

 순이는 마리온의 소개로 만난 서른 살의 스위스 입양아 한국인이다. 마리온의 집 부엌에서 순이와 첫 인사를 나누던 순간을 잊을 수가 없다.

 해안 지방 특유의 뜨거운 여름도 저물어가던 어느 날, 순이는 휴가를 보내러 스위스에서 날아왔다. 본머쓰 공항에 내린 순이를 하숙집 아저씨 알릭이 마중 나가 데리고 왔다. 2층 내 방에서 휴식을 취하고 있다가, 순이가 왔으니 내려오라는 알릭의 외침을 듣고 나는 1층으로 내려갔다. 순이는 알릭과 함께 부엌에서 음료수를 마시고 있었고, 마리온은 외출 중이었다. 영리한 강아지 퍼디는 작년에 왔었던 순이를 기억하고 옆에 앉아 아양을 떨고 있었다.

 몇 년 전 한국에서 내가 다니던 교회를 찾은 스위스 입양아 대학생 한 명을 잠시 만나본 것 외에는, 한국인 입양아를 이렇게 가까운 관계에 얽혀 만나본 일이 없었다. 그래서였을까. 무조건 반갑고 신기한 생각에 곧장 순이에게로 다가가 인사를 건넸다. 그런데! 순이는 눈을 마주치지 않은 채 바닥을 내려다보며 인사를 했다. 단순히 눈을 마주치지 않았다고 하기엔 부족하다. 내가 내려가 자기 앞에 모습을 드러낸 순간 순이는 어찌할 바를 모르고 몸을 숨기려는 어린 짐승처럼 당황하며 쩔쩔맸다. 충격스러웠으나, 그런 와중에도 순이의 그 당황이 무엇을 의미하는지에 대한 납득과 이해가 섬광처럼 스쳐지나갔다. 일부러 나는 안정된 웃음을 지어 보이고는 빨리 자리를 비켜주었다. 어차피 같은 집에서 며칠 머물게 될 것이므로 우선 그녀에게 여유를 주고 싶었다. 그날 유난히 작고 깡마른, 열대여섯 살짜리 소녀로밖에는 안 보이는, 얼핏 보면 성장 불량처럼 보이는 특이한 체구와 그녀가 첫 인사 때 보여준 모습이 합해져 순이는 내게 매우 기묘한 첫 인상을 남겼다.

순이는 열흘 가량 그곳에 머물렀다. 순이와 마리온 아줌마 네가 서로 알게 된 것은 몇 해 전 영어를 배우러 온 순이가 마리온의 집에 머무르면서부터였다. 그 후 스위스인 양부모도 마리온 아줌마네를 방문하면서 가족과 가족이 알고 지내는 사이가 되었다. 그때 마리온 아줌마는 순이에게 복음을 전했고, 순이는 그때부터 그리스도인이 되었다. 그 후 한국의 어느 교회와 연락이 닿아 한국에도 한 번 다녀오게 되었다.

순이가 한국어를 하나도 몰라서 우리는 영어로 이야기했다. 바로 옆방에 묵은 순이는 내 방에 놀러오기도 하고 이런저런 자기 속 얘기도 털어놓기 시작했다. 그녀는 가톨릭 신자인 양부모 밑에서 컸다. 마리온에 의하면 그 양부모가 순이를 끔찍이 사랑하더라고 했다. 순이도 양부모가 자기 말이라면 뭐든지 다 들어줄 정도로 사랑해준다고 했다. 그러나 순이는 전혀 사랑받고 자란 모습이 아니었다! 어느 날 밤 순이는 "나는 세상에서 한 번도 행복해본 적이 없어."라고 말했다. 그 말을 할 때의 그녀 모습은 그것을 증명하고도 남았다. 비록 집에서는 양부모의 사랑을 받고 자랐지만, 피부색과 머리카락이 전혀 다른 외모 때문에, 집 밖으로 한 걸음만 나가면 이방인이요 입양아라는 놀림과 조롱 속에서 자란 것이다. 사회적 존재인 인간이 어떻게 집 안의 사랑만으로 충분하겠는가. 집안에서 사랑을 못 받고 자라도 집 밖에서 사랑받고 인정받으면, 떳떳한 사회인으로서 역할을 다하며 상처를 극복하고, 오히려 사랑을 줄 수 있는 사람이 되기도 한다. 그러나 순이는 집안에서는 온갖 사랑을 다 받았어도, 집 밖에서는 그 누구에게도 사랑과 인정을 못 받는 천덕꾸러기로 살아온 것이다. 스위스처럼 인종에 대한 편견과 폐쇄성이 짙은 사회에서는 더했을 것이다.

순이는 일을 갖고 싶어 했다. 이번에 마리온을 찾아온 이유도 혹시 영국에서 일자리를 얻을 수 있을까 해서라고 마리온이 귀띔해주었다. 미용 기술을 배웠지만 스위스에서

이층의 내 방. 바로 옆방에 머물던 순이는 저녁나절이면 이 방으로 놀러오곤 했다.

는 일자리를 찾는 게 거의 불가능하다고 했다. 스위스 국
적에 완벽한 스위스어를 구사해도 스위스인 대접을 못 받
고 사는 것이다. 그래서 따뜻하고 신실한 마리온에게 도움
을 구하러 온 것이다. 그러나 영국에서도 순이에게 줄 일
자리는 찾기 쉽지 않다고 마리온이 말했다. 그러면서 한국
이 어떻게 좀 해야 되지 않겠느냐며 안타까운 기색을 띠었
다. 스위스에 유난히 많은 한국인 입양아의 숫자를 들먹이
며 한국 정부의 무책임을 한탄했다. 교양 있고 점잖으며 온
화한 마리온이 말을 아끼며 몇 마디 건넸지만, 차마 내 앞
에서 할 수 없는 마음속 말들이 얼마나 많았을까. 마리온
의 한탄에 나는 더 한탄스러워졌다.

그래서 어느 날 나는 순이에게 "한국에 가서 살고 싶은 생각 없어?" 하고 물었다. 물으나 마나라는 사실을 알면서도 답답해서 해본 소리였다. 자기를 버린 나라, 언어도 한마디 모르는 한국에서 서른 살이 넘은 순이가 어떻게 적응하겠는가. 말은 하지 않았지만, 순이의 태도로 보아 한국에 대한 원망이 뿌리 깊어 보였다. 그녀와 첫 인사를 나누던 날 이미 감지한 바였다. 한국인에 대해 깊은 적개심을 품고 있지만, 그러면서도 나의 출현이 한민족이라는 자기 뿌리를 확인시켜주는 데서 오는, 어쩔 수 없는 양가감정 속에서 그녀는 나를 보자마자 피하고 싶었을 것이다. 게다가 어쩌다 한 번 와본 한국이란 나라는 환경적으로도 스위스만큼 쾌적하지 않았다. 순이는 내 예상대로 "한국 가면 더 불행할 거야."라고 대답했다.

순이는 한국인도 스위스인도 아닌 상태에서 앞으로 어떻게 살아가야 할지 불안에 떨고 있었다. 이젠 어른으로서 독립된 삶을 살고 싶은데, 어떻게 해야 좋을지 모르겠는 것이다. 누구도 대신해줄 수 없는 자기만의 길을 걸어가려 하지만, 아무도 자신을 받아들여주지 않는 삶의 한계와 무게 앞에서 순이는 어리고 초라한 짐승처럼 떨었다. 나 역시 한없이 안타깝고 분노스럽지만, 그녀를 위해 해줄 수 있는 일이 아무것도 없었다. 며칠 후 순이는 '자기 나라' 스위스로 돌아갔다.

내 발이 닿았던 몇몇 나라들. 그 중에는 여행으로 잠시 머물다 온 나라도 있고, 얼마간 살다 온 나라도 있다. 그 모든 곳에서 나는 예외 없이 인간이 이룬 훌륭한 문화적 업적과 더불어 인간의 죄가 남긴 불행한 역사의 흔적들을 보았다. 그 흔적 속에는 유난히 그로 인한 고통을 몸소 감당하며 곤경 속에 살아가는 소수가 반드시 있다. 아니, 다수인지도 모른다. 순이도 그 중의 하나다. 휴머니즘의 이름으로 언제까지 아이를 수출하는 일이 계속될 것인가.

그때 순이가 내 마음에 전이시켜준 고통의 여운이 지금도 가시지 않는다. 순이는 지금 어디서 어떻게 살고 있을까. 순이의 작고 초라한 모습이 자주 떠오른다. 부디 그녀가 자신에게 부과된 삶의 무게를 포기하지 않고 끝까지 감당할 수 있기를.

쇼코

　지금도 쇼코를 생각하면 그 선한 눈매와 웃을 때 이가 다 드러나는 환한 얼굴이 선명히 떠오른다. 스무 살이라고 하기엔 믿기지 않을 만큼 성숙하고 사리판단이 뛰어난 쇼코. 그녀와 나는 귀한 우정을 맺었다.

　학교에서 쇼코를 처음 만나던 날, 나는 뭐라고 형언할 수 없는 신선함에 매료되었다. 간혹 한국에서 일본인을 본 적이 있었지만, 이렇게 가까이서 사귀게 된 것은 처음이었다. 그때까지 일본에 대해 막연히 품고 있는 민족감정 외에 나는 일본인에게 별다른 관심이 없었다. 그런데 그날 동경대를 다닌다는 에지라는 청년과 쇼코, 두 명의 일본인을 가까이서 만난 것이다.

　나는 그들로 인해 마음이 약간 들떴다. 쇼코도 그랬을까, 맞은편에 앉아 있던 그녀는 수업시간 내내 내게 눈웃음을 보내왔다. 쉬는 시간이 되자 그녀와 나는 누가 먼저랄 것도 없이 자연스럽게 서로 인사를 건넸다. 에지도 내게 몇 마디 말을 건네며 호의를 보였다. 바로 이웃나라라는 사실이 서로를 친근히 여기게 한 듯하다.

쇼코는 그날 수업시간에 부모님의 도움 없이 아르바이트 해서 번 돈으로 학비와 생활비를 충당하는 자신을 몹시 자랑스럽게 여긴다고 똑부러지고 당당하게 말했다. 그런 그녀가 깜찍하고 대견했다. 그녀는 자기보다 훨씬 언니인 내가 편했는지, 틈만 나면 나를 찾았다. 일본 아이들은 수업이 끝나면 자기네끼리 몰려 있다가 차를 마시러 가거나 여행 계획을 짜곤 했다. 그러나 쇼코는 거기에 합류하지 않았다. 나는 그녀가 일본인 친구들과 어울리지 않는 이유에 대해 생각해보았다. 하나는, 아마도 그녀가 스무 살이 넘도록 동경에는 한 번도 가보지 못한 후쿠오카 출신의 '촌뜨기'였기 때문에 동경 아이들과 어울리기를 꺼려했으리라는 것. 또 하나는, 아르바이트해서 번 돈으로 학비와 생활비를 감당하고 있는 데다 유난히 자기 계획과 목적의식이 뚜렷하고 성실했으므로 놀기 좋아하는 그들과 잘 안 맞았으리라는 것이다. 그래서인지 그녀는 다른 일본 여학생들과는 좀 달라 보였다.

어느 주말, 쇼코는 시내버스가 닿는 크라이스트처치를 함께 여행하지 않겠느냐고 제안했다. 반가웠다. 안 그래도 시냇물 같은 작은 강에 탐스런 백조가 떠다니는 아담하고 아름다운 마을 크라이스트처치를 사진으로만 보아왔는데 가볼 기회가 생긴 것이다. 게다가 일본인을 친구로 사귄다는 게 구미가 당겼다. 그날 나는 마리온 아줌마가 싸준 샌드위치 도시락을 들고 그녀와 함께 크라이스트처치에 다녀왔다. 지금도 사진첩을 들추다 보면, 바람 불고 꽤 싸늘했던 4월의 날씨 속에서 움츠린 채 그녀와 내가 나란히 서서 어색하게 웃고 있다. 그렇게 일일여행을 다녀온 후 우리는 급속히 친해졌다. 반이 갈린 후에도 거의 매일 교정에서 대화를 나누고 함께 점심식사를 했다. 그녀의 성실성과 뛰어난 분별력, 순수함과 해맑음에 반해 나는 그녀를 몹시 아꼈다.

쇼코는 나의 신앙에 대해 관심이 많았다. 논리적이고 명석한 그녀는 곧잘 기독교 교리에 대해 물었다. 그녀의 이지

쇼코와 함께 갔던 크라이스트처치의 작은 강

적인 질문에 대해 내 영어 실력으로 설득력 있게 답변하기
란 쉽지 않았으나, 할 수 있는 한 차근차근 설명해주었다.
대화 도중 막히면 우리는 종이를 꺼내 한자를 써 보인다.
내가 한자를 정확히 몰라 비슷한 모양을 그려 보이면, 그녀
는 아하, 하면서 얼른 바른 한자를 써 보인다. 그러면 뜻이
맞는다며 고개를 끄덕이다가, 그렇게 의사소통하는 자신들
이 재미있어져서 한바탕 크게 웃음을 터뜨린다. 그럴 때
하얀 이를 다 드러내며 고개를 뒤로 젖힌 채 쾌활하게 웃
던 그녀의 모습이 지금도 그리움을 불러일으킨다.

　가끔 우리는 피치 못하게 과거의 역사에 대해 이야기해
야만 했다. 국적이 다른 사람끼리 모이면 자연히 서로의 출
신지에 관한 화제를 이어간다. 우리도 그랬다. 어느 정도
시간이 흘러 쇼코와 내가 함께 다니는 횟수가 많아지자,
둘 사이에 알게 모르게 긴장이 생기기 시작했다. 그것은
주로 쇼코와 내가 버스로 다녀오곤 하는 주말여행 때 구체
적으로 모습을 드러냈다.

　우리가 그렇게 여행으로 찾아간 곳은 어느 도시, 어느
마을이든지 버스에서 내리면 가까운 곳에 여행정보 센터
(Information Center)가 있었다. 관광산업이 발달한 곳이니만
큼 그 센터에 비치된 지도와 브로셔만 가지면 혼자서도 얼
마든지 여행할 수 있도록 되어 있었다. 그런데 그런 센터마
다 항상 영어 외에 프랑스어, 독일어, 스페인어, 그리고 일

본어로 된 안내지가 비치되어 있었다. 처음엔 그러려니 했
는데, 쇼코는 가는 곳마다 일본어 안내지가 있다는 사실을
매우 자랑스러워했다. 기회만 생기면 안내원에게 일본어
안내지가 없냐고 큰소리로 물으면서 보란 듯이 강조해 보
이려 했다. 나를 의식하고 더 그런 것 같았다. 그런데 우습
게도 그 사소한 일이 반복될수록 나의 심기가 차츰 불편해
졌다. 별것 아니게 보이는 일에서 서로의 민족주의가 대립
했던 것이다. 그 절정은 여름휴가 때 일어났다.

휴가를 앞두고 나는 심신이 몹시 지쳐 있었다. 처음 해보
는 외국 생활. 생각 하나하나, 동작 하나하나를 외국어로
바꾸어내야 하는 데서 오는 스트레스는 몇 개월 만에 나
를 탈진시켰다. 그래서 모든 것 다 잊고 어딘가 파묻히고
싶었다. 궁리 끝에 산이 많은 스코틀랜드 여행을 계획했
다. 쇼코에게 여행을 제안하자 그녀는 흔쾌히 승낙했다. 곧
바로 우리는 여행사에 신청하고 날짜를 잡았다. 아침 일찍
출발해야 하므로 여행 전날 마리온네 집에서 우리는 함께
밤을 보냈다. 마리온 아줌마는 그녀에게 1박 비용을 받고
내 방과 붙어 있는 손님방을 내주었다. 마리온 부부와 쇼
코, 나, 이렇게 네 사람은 즐겁게 저녁식사를 하고, 다음날
의 이른 출발을 위해 일찍 잠자리에 들었다.

스코틀랜드 여행은 심신을 쉬게 했다. 아주머니, 아저씨,
할머니들로 버스 한 대가 꽉 찼다. 젊은 사람은 쇼코와 나

둘뿐이었다. 여행 내내 우리는 나이 지긋한 어른들, 특히 할머니들로부터 사랑을 받았다. 버스를 타고 휘휘 돌아보는 스코틀랜드 산지들. 배낭을 메고 등산을 했더라면 보지 못했을 광활한 산의 전체 그림을 버스를 타고 누비면서 한눈에 넣을 수 있었다. 또 가는 곳마다 꽤 괜찮은 호텔에서 근사한 식사를 했다. 쇼코와 나는 식사 때마다 이번엔 무엇을 먹을 것인가, 서로 눈웃음을 교환하며 메뉴를 정했다. 마냥 즐거웠다.

그런데 어느 시점부턴가 쇼코와 내가 아주 미세하게 마음이 틀어지기 시작하더니, 어느새 서로의 민족주의가 팽팽히 대립했다. 아마도 예의 그 사소한 일들 때문이었을 것

스코틀랜드 산지에서 쇼코와 함께

이다. 스카이 섬에 이른 날 쇼코와 나는 선택 코스로 있는 여행 중에서 각각 다른 선택을 했다. 평소 같으면 그럴 리 없었지만, 그날은 함께 시간을 보내기가 힘들었다. 그래서 그녀가 바다 동물을 구경하러 가겠다고 했을 때, 나는 호텔에서 바라다 보이는 다리 저편의 작은 마을을 구경하겠다고 했다. 그리고 잠시 후 나는 그 다리를 혼자 건너기 시작했다.

마을 여행은 인상적이었다. 다리 아래로 아주 깊고 이상한 습지처럼 보이는 검은 강이 흐르고 있어서 약간 오싹했으나, 다행히 뒤에서 걸어오던 뉴질랜드 여자와 곧 말동무가 되었다. 뉴질랜드 영어 발음은 알아듣기 참 힘들었으나 여행길은 안심되었다. 그녀와 나는 마을로 건너가 함께 점심을 먹고 이곳저곳 둘러보다가 어디쯤에서 헤어졌다. 그리고 나는 다시 그 긴긴 다리를 건너 호텔로 돌아왔다.

호텔은 호젓했다. 바다 동물을 보러 나간 팀은 아직 돌아오지 않았다. 나는 객실 창문을 열고 침대에 누워서, 넘실대는 군청색 바다 물결을 내다보며 쇼코를 기다렸다. 어스름이 깔리기 시작하자 마침내 쇼코가 돌아왔다. 저녁식사 후 쇼코와 나는 선홍색 노을이 낭자한 하늘과 군청색 바다 물결을 배경으로 사진을 찍었다. 그러고 나자 피곤이 몰려왔다. 우리는 일찍 씻고 잠자리에 들 차비를 했다. 그런데 침대에 막 몸을 누이려다가 쇼코와 나는 또 무슨 얘기인가를 주고받았다. 아마도 그날 서로의 여행담이었을 것이다. 그런데 이야기는 이어져 마침내 쇼코의 당돌한 질문까지 이르렀다.

"그런데 한국은 왜 그렇게 침략만 당하고 살았어요?"

귀를 의심했다. 천진한 쇼코가 이렇게 노골적으로 속을 드러내며 날카로운 질문을 던지다니. 요 며칠 새 쇼코가 보여준 행동은 바로 이 말을 하고 싶었던 것이다. 차마 드러내지 못한, "너희는 우리 식민지였어."라는 말. 아직도 제국주의의 꿈을 버리지 못해 틈만 나면 과거를 부활시키려 드는 일본의 교만한 역사의식과 교육의 한계를 그녀는 보여주고 있었다. 친하게 지내던 독일 여학생 아네트는 굳이 히틀러 얘기를 하지 않아도, 어디서든지 독일 얘기만 나오면 자기 나라에 대한 얘기는 별로 하고 싶지 않다며 겸손히 말을 회피하곤 했었다.

나는 쇼코의 질문에 당황스러웠다. 화도 났다. 하지만 다행히 얼른 평정을 찾았다. 그리고는 우리나라가 외세의 침략을 자주 당할 수밖에 없는 지정학적 위치의 중요성에 대해 이야기해주었다. 그러자 쇼코도 질문할 때의 모습과는 달리 곧 차분하고 천진한 모습으로 돌아갔다. 그녀는 고개를 끄덕이며 자기도 그런 얘기를 들은 적 있다고 했다. 이어서 나는 한국 기독교 역사 초기의 상황으로 말을 돌렸다. 일제 강점기 때 신사참배 문제로 얼마나 많은 한국 기독교인들이 희생당했는지, 또 일본이 섬기는 800만 귀신에 대해서, 그리고 예수 그리스도를 믿는 기독교 신앙의 탁월성에 대해서 말해주었다. 짧은 영어에 한자까지 섞어가며 한 설명이었지만 웬만큼 전달된 모양이었다. 쇼코는 마치 순하고 착한 어린아이처럼 눈을 반짝이며 내 이야기를 들었다. 간간이 고개를 끄덕이면서.

다음 날 우리는 여행을 마치고 귀가 길에 올랐다. 얼마 후 쇼코가 캠브리지로 학교를 옮기는 바람에 더 이상 우리는 만나지 못했다. 성실하기 그지없는 그녀는 크리스마스를 앞둔 어느 날, 캠브리지에서 만난 새로운 친구들과 찍은 사진 한 장과 함께 크리스마스카드를 내 하숙집으로 보내왔다. 그리고 마리온네 집에서 크리스마스를 보내고 곧 귀국한 내게 그녀는 짙은 청록색 바탕에 연녹색 난초가 그려진 우아한 손수건 한 장을 생일 선물로 보내왔다. 그 후에도 그녀는 한국으로, 몽골로 때를 놓치지 않고 카드와 편지를 보내왔다. 편지 속에서 그녀는 늘 내가 그립다고 했다. 언젠가는 직장일로 방문한 부산에서 바쁜 와중에도 한국 그림엽서를 몽골에 있는 내게 보내오기도 했다. 바로 나의 모국인 한국 땅에 자기가 출장 왔다는 것을 알리고 싶었다는 것이다. 그때 내가 한국에 있었다면, 만사 제쳐놓고 그녀를 만나러 부산으로 달려갔을 것이다.

오랜 세월이 지난 지금 나는 쇼코가 많이 생각난다. 언제 다시 만날 수 있을까, 그리워지는 것이다.

다른 민족끼리 만나면 친하게 지내면서도 서로의 민족주의가 알게 모르게 표출된다. 자연스럽게 일상을 이야기하다가도, 그 일상에 배어 있는 문화적 차이가 부각될 때마다 문화라는 이름을 덧입고 민족 감정이 불거진다. 그것은 언어학교 수업시간에 유럽 각지에서 온 학생들과 토론을 벌일 때, 그리고 몽골 대학에서 한 학기 동안 몽골 역사를 배울 때 더 두드러졌었다. 젊은 역사학 교수가 침 튀겨가며 칭기스칸을 찬양하던 일이 눈에 선하다. 자기 나라 왕이 과거에 침략자로서 얼마나 맹위를 떨쳤는지, 그 왕이 전쟁에서 얼마나 많은 사람들을 죽였는지 숫자를 들이대며 달뜨곤 했다. 심지어 부하들이 전사한 칭기스칸의 시체를 메고 돌아오면서, 사자死者의 저승길을 축복하기 위해 마을 사람들을 닥치는 대로 죽였는데, 그 수가 어마어마하다며 으스댔다. 그럴 때면 세상을 지배하는 것이 정의와 진리가 아니라 폭력적 질서라는 사실이 새삼 뼈저린 아픔으로 느껴졌다. 몽골의 몇몇 이름난 문인들을 만났을 때도, 지식인일수록 민족주의를 더 강하게 표출한다는 생각이 들었다. 조금이라도 그것이 낌새를 드러낼 때 얼른 피해가지 않으면, 당장 서로에게 어떤 모욕이라도 가할 듯 사나워졌다.

신약성경 사도행전에는 오순절 성령강림 사건을 통해 기독교가 당시 편협한 유대주의, 곧 민족주의를 뛰어넘어 세계 종교로 확장되는 감동적인 장면이 나온다. 그로써 유대인이었던 예수 그리스도가 더 이상 유대인만의 메시아로 머물 수 없게 된다.

　지금 세계는 국제화의 질서 속에서 오히려 민족주의가 점점 강해지고 있다. 그것을 극복하지 않으면 이 세계는 얼마나 더 폭력적이 될까. 순결한 쇼코와의 만남을 통해 나는 아이러니하게도 그런 생각을 하게 되었다.

남의 땅

영국에 도착하여 지인의 집에서 첫 밤을 보낸 날 아침, 한눈에 쏟아져 들어오는 창밖 풍경에 저절로 미소가 번졌다. 단아한 2층집의 빨간색 뾰족 지붕과 하얀 창살들, 허벅지 높이쯤 되는 색색의 울타리들……. 마치 동화 속인 듯 즐거워졌다. 상쾌하게 이국의 첫 풍경과 조우하며 나는 하루를 시작했다.

그렇게 처음 서너 달은 모든 것이 신기하고 재밌었다. 온 집안에 깔린 색색의 카펫들을 새로 산 캐주얼화를 신고 경쾌하게 밟고 다녔다. 방에서도 신을 신고 살 수 있다는 것을 그때 처음 알았다. 기상하자마자 외출용 청바지로 갈아입고 신발을 신은 후 세면대로 향했다. 방에서 신을 신는 게 하도 편하고 신기해서 휴일 외에는 거의 실내화를 사용하지 않았다. 그것은 온돌방에서만 자란 나의 고정관념을 깨뜨린 첫 번째 문화충격이었다. 또한 내가 가장 편하고 자유롭게 받아들인 습관이기도 했다.

영국의 정통 음식도 신선한 문화충격 중의 하나였다. 30

여 년 넘도록 밥이나 국수, 빵이 없이는 식사를 할 수 없는 줄 알았었다. 그런데 늘 정통 음식으로 상을 차리는 마리온 아줌마의 집에서는 밥이나 빵이 오르지 않아도 아주 맛있고 풍성한 식탁이 되었다. 식사 때가 되면 알릭 아저씨가 부엌에서 부지런히 날라 오는 오븐에 찐 감자와 당근, 양배추. 나는 그 야채들을 항상 접시의 반을 차지하도록 듬뿍 담고, 나머지 반은 마리온 아줌마가 손수 만든 스테이크로 채웠다. 이름을 알 수 없는 향기로운 소스를 얹은 돼지고기 스테이크와 종이처럼 얇게 저며 민트 소스를 곁들인 양고기 스테이크를 나는 가장 좋아했다. 매주일 점심에 어김없이 먹던 닭고기도 내가 매우 좋아하는 요리였다. 주일 아침이면 마리온은 낮은 온도로 맞춘 오븐에 큼직한 닭을 통째로 넣어둔 채 교회에 간다. 예배를 마치고 돌아오면 온 집안에 닭고기 냄새가 진동한다. 연하게 익어 김이 무럭무럭 나는 닭고기를 마리온이 접시에 담아 거실 식탁으로 옮겨오면, 알릭은 찐 야채를 부지런히 날라다 주었다.

식탁이 다 차려지면 알릭은 "주님의 은혜에 감사드립니다, 아멘(Thanks for Your grace, Amen)." 하고 나지막이 기도한다. 군더더기 없이 짧은 그의 식사기도는 일 년 내내 한결같았다. 그것은 부엌과 거실을 왔다 갔다 하며 두 노인이 식탁을 차리던 모습과 어우러져 신성하고 경건한 느낌을 주었다. 식사가 끝나면 알릭과 마리온은 또 어김없이 후식을 만든다. 나는 커스터드 소스를 얹은 진저케이크를 가장 좋아했다. 연녹색 도자기 포트에 물과 커스터드 가루를 넣고 큰 소리가 나도록 수십 번 저어야 완성되는 커스터드 소스는 항상 힘센 알릭 차지였다. 그것을 만들 때마다 그는 "크리스티나(내 영국식 이름)가 가장 좋아하는 것"이라며 내게 미소를 보내곤 했다. 이렇게 마리온 부부와 함께 하던 경건하고 애정 가득한 식탁은 비기독교 집안에서 자란 내게 더없는 기쁨을 주었다. 밥이나 빵이 없으면 식사가 안 된다는 나의 오랜 고정관념 또한 깨뜨려주었다.

또 처음엔 한국에서의 습관대로 꼬박꼬박 버스를 타고 다녔다. 하지만 40-50분 거리쯤은 보통 걸어 다니는 유럽 아이들의 습관을 따라, 나도 특별히 바쁘지 않으면 40-50분, 1시간씩 되는 거리를 아무렇지도 않게 걸어 다녔다. 방과 후면 학교가 있는 윈턴 거리에서 하숙집이 있는 모어다운까지 40여 분을 걸으면서 즐비한 상점들을 한가롭게 구경하곤 했다. 이런 사소한 습관까지 나는 매우 즐겼다.

그런데 서너 달 지나면서 불편해지기 시작했다. 상점이나 거리, 공공장소에서 내가 외국인이라는 사실을 의식해야만 하는 순간들이 섬뜩한 느낌으로 찾아오곤 했다. 상점에서 물건을 사거나 바꿀 때 나는 외국인 손님이었다. 우체국이나 은행 같은 공공장소에서도 남의 집에 세 들어 사는 사람처럼 자유롭지 못했다. 휴양도시인 본머쓰 사람들은

외국인에게 친절하고 개방적이었으나, 그와는 별개의 문제
같았다. 거리에 나서면 모두가 '저 사람 외국인이래요.' 하
는 듯 갑갑해졌다. 섬뜩한 부자유가 순간순간 엄습했다.
그것은 내 땅에서처럼 마음대로 살 수 없는 한계를 알리는
사이렌 소리 같았다.

　그 소리와 더불어 나는 외국인으로서 사소한 욕구들을
포기해야 할 때가 언제인지 터득하게 되었다. 음식점에서
더 나은 음식을 주문하고 싶어도 너무도 낯선 이름 때문
에, 그것이 과연 어떤 음식일지 몰라 포기해야 했다. 머리
를 자를 때도 더 섬세히 얘기해서 더 요구하고 싶은데, 그
미묘한 차이를 어떻게 말해야 할지 몰라 그만두었다. 그런

때는 아무리 상대가 친절하고 상냥해도 소용없었다. 나는 언젠가 돌아가야 하는 손님이므로, 모든 결정이나 만남이 제한된 시간 속에서 이루어진다는 사실을 되새겨야 했다.

외국이라는 낯섦이 마냥 신기하거나 낭만적일 수 없다는 것을 충분히 깨닫게 된 어느 여름날, 뜨거운 태양 아래서 과장되게도 나는 나라를 잃고 남의 나라에서 포로생활의 설움에 울던 이스라엘 백성의 형편에 감정이입이 되었다.

"우리가 바벨론의 여러 강변 거기에 앉아서 시온을 기억하며 울었도다."

구약성경 시편 137편에 나오는 시인의 탄식이 가슴을 적셨다. 바벨론에 의해 예루살렘이 함락되면서 남의 땅, 남의 나라에서 포로생활을 해야 했던 이스라엘 백성들. 그들은 바벨론의 여러 강변에 앉아서 자기네 운명을 탄식하며, 그런 처지로 자신들을 몰아넣은 적을 원망하며 하나님께 울부짖었던 것이다. 뚜렷한 목적이 있어서 잠시 머무는데, 그것도 외국인에 대해 비교적 개방적인 나라에서 소외감으로 섬뜩해 하는데, 포로 신분으로 남의 나라에 끌려간다면 어떤 감정 상태가 될까. 나라 없는 민족으로 떠돌며 사람대접 못 받고 권리를 박탈당한 채 살아야 한다면? 아, 나는 그때 비로소 이스라엘 백성의 비운悲運과 탄식의 일말을 아주 조금이나마 느껴본 듯했다.

동시에 나는 타국에서 일생을 봉사하겠다고 고국을 떠

난 선교사들도 막상 외국 생활이 시작되면 시혜자이기 이전에 남의 땅에 사는 이방인이요 외국인으로 존재할 수밖에 없다는 사실에 눈떴다. 실제로 몽골에서 나는 남의 땅에 사는 설움을 얼마나 절절히 겪어야 했던가. 개방적인 영국과는 비교도 안 될 정도였다. 거기서 나는 외국인으로서의 중압감이 몰려올 때면, 택시를 타도 가능한 한 뒷좌석에 앉고, 시장에 가도 가능한 한 입을 열지 않았다. 외모가 비슷한 같은 아시아인이라서 말 안 하고 있으면 외국인임을 눈치 채지 못하기 때문이다. 몇 년을 살았어도 마치 방금 그곳에 도착한 사람처럼 끊임없이 출신지와 방문 목적, 고향과 가족 등에 대해 물어온다. 똑같은 대답을 날마다 반복하며 사는 게 얼마나 고통스러운 일인지. 지금도 나는 한국에 와 있는 외국인을 만나면 그런 것들을 묻지 않으려 애쓴다. 묻는 사람은 한 번이지만, 대답하는 사람은 앵무새가 되어야 하기 때문이다. 늘 본토인을 의식하며 눈치 보고 사는 것이 외국인이다. 구약성경에서 하나님이 이스라엘 백성에게 왜 그렇게 외국인과 나그네에게 사랑과 은혜를 베풀라고 강조하셨는지 알 것 같았다.

평생을 살아도 절대로 본토인이 될 수 없음을 깨달으면서 선교사들은 차츰 선교지와 본국 사이에서 균형을 잡게 되는 것 같다. 외지에 대한 낭만적인 동경과 열정이 가라앉은 후에야 비로소 현실 감각은 찾아오는 법. 외국인으로서 겸손히 처신할 수 있게 되고, 함부로 시혜자의 자리에 서지 않게 된다. 또한 현지인들이 무조건 가르침 받거나 개종해야 할 가엾은 사람들이 아니라, 그들의 도움을 받기도 하면서 함께 살아가는 사람들로 자리 잡게 된다. 타국을 삶의 터전으로 삼아 뿌리 내리려 애쓰지만, 또다시 때가 되면 미련 없이 떠나야 하기에, 완전히는 뿌리 내릴 수 없는 삶. 남의 땅이라는 자각이 주는 긴장 속에서 선교사는 이곳과 저곳을 동시에 바라보며 삶의 안목을 넓힌다. 그러면서 있어야 할 때와 떠나야 할 때를 분간할 줄 알게 된다.

마리온네 집의 아름다운 정원. 알릭은 이 정원을 가꾸는 데 온갖 정성을 기울였다. 사랑스러운 개 퍼디가 일광욕을 하고 있다.

본머쓰 바닷가에서

본머쓰는 바다만 건너면 프랑스에 닿는 영국 최남단의 해변도시다. 리차드 칼리지(Richard Language College)에서 10여 분 정도 걸어 나가면 바다가 나온다. 수업이 끝나면 나는 곧잘 그리로 달려가곤 했다. 주로 유학생들과 함께였으나 가끔은 혼자였다. 그곳에는 피어라고 부르는 휴식처가 있었다. 육지 끝에서 시작하여 바다 쪽으로 100미터는 훨씬 넘게 들어가며 배처럼 지어진 피어. 안에는 레스토랑과 펍(pub), 빠찡고 등이 있고, 밖에는 바다를 향해 벤치가 몇 개 놓여 있었다. 동행이 있으면 있는 대로, 없으면 없는 대로 나는 바다를 즐겼다. 동행이 있을 때는 주로 피어에 들어가 차를 마시거나 벤치에 앉아 수다를 떨고, 혼자일 땐 해변을 산책했다.

그때 나는 만 서른셋. 이모저모 생각할 때 걱정이 많은 나이였다. 하지만 젊었다. 그때처럼 내 젊음을 그토록 쓸모 있게 여겨본 적이 있을까. 20대가 불확실성에서 오는 불안과 우울, 격정으로 점철되어 있었다면, 서른이 넘은 그때 나는 모처럼 안정된 시선으로 삶을 바라보며 뚜렷한 목표 지점을 향해 출항하는 느낌이었다. 바야흐로 세상이, 삶이 넓다는 것을 전인격적으로 받아들이고 있었다.

나는 중요한 기로에 서 있었다. 앞으로 나아갈 것인가, 주저앉을 것인가? 통념에 안주해버릴 것인가, 모험을 선택할 것인가? 이런 아슬아슬한 줄타기에서 나는 마침내 모험을 택했다. 내 젊음을 울타리 안에 가두어둘 수 없었다. 선택을 위한 길고 긴 진통을 겪은 뒤 나는 그 바다 앞에 섰다. 물론 그 선택은 하나님의 부르심의 강렬한 음성이 선행했기 때문에 가능했다. 그런 의미에서 그것은 선택이라기보다, 부르심에 대한 응답이라고 하는 게 더 정확한 말일 것이다.

그런데 그렇게 결단 내렸으나 말끔히 처리되지 않은 내 안의 정서적인 문제들은 어쩔 것인가. 그 길은 동반자 없이 끝까지 혼자 가야 할지도 모른다. 아무리 내 선택이 만족스러웠다 해도 불안과 고독감은 가라앉지 않았다. 본머쓰 바닷가에 홀로 설 때마다 내 안에서 꿈틀거리는 젊음의 고동소리로 귀가 먹먹했다. 쉼 없이 해안을 부딪치며 우는 파도소리는 끓어오르는 내 젊음의 소리였다. 쉽지 않은 결단을 내린 용기도 내 혈관 속의 미세한 움직임을 잠재우지는 못했다. 오히려 그 굵직한 용기 앞에서 소리도 못 낸 채 흐느끼는 실핏줄들의 꿈틀거림은 파도소리 앞에서 더 명료히, 더 처절히 존재를 드러냈다. 바다 앞에서 나는 늘 울고 있었다.

그때 나는 꼭 한 가지가 필요했다. 인생길을 함께 갈 한 사람. 2년여 전 어머니를 여읜 후 그동안 나를 덧씌우고 있던 보호막이 사라졌음을 느꼈다. 잃고 난 뒤 부재는 더 절절한 존재로 살아나는 법. 보호막을 상실한 나는 운동장 한가운데 혼자 서 있는 것 같았다. 서서 하늘을 올려다보며, 머리 위 헬리콥터로부터 구명의 손길이 내려오기를 기다리는 아이 같았다.

단호함 뒤에서 흐느끼는 울음소리, 그것은 신음소리 같기도 했다. 나에게만 들리는 그 소리가 너무 컸으므로 그것을 잠재워줄 누군가를 애타게 갈구했다. 그러나 나는 외지의 황량한 땅에 혼자 서 있을 뿐, 아무도 오지 않았다. 그는 오지 않을 것이다……. 그런 감성의 소용돌이 속에서 나는 끝없이 몰아치는 파도에 대고 속울음을 울었다. 그러면서도 다가올 새로운 세계, 미지를 향한 갈망과 열정으로 꿈틀대는 것 또한 어쩌지 못했다.

안타깝기만 했다. 바다는 늘 '출입 금지'라는 팻말을 걸어놓은 듯, 한 발도 디딜 수 없는 성역聖域이었다. 내 모든 감성을 훑어 내리며 이해해주는 듯한 파도소리가 아무리 친근했다 해도, 미지의 세계를 꿈꾸게 하는 장엄한 아름다움으로 아무리 나를 유혹했다 해도, 바다는 결코 한 발도

본머쓰 바다. 멀리 카페와 펍(pub), 레스토랑 등이 있는 피어가 보인다.

들어설 수 없는 금단의 구역이었다. 무한대의 광활함 앞에
서 나는 두 발로 땅을 딛고 살아갈 수밖에 없는 뭍 것이며
왜소한 피조물이었다. 본머쓰 바다는 내게 인간으로서의
한계에 대해 보다 실제적이고 심도 있게 가르쳐주었다. 그
리고 그곳을 떠난 지 수년이 지나서야 나는 그 바다가 내
게 말해준 진실, 내가 그렇게도 안타까워했던 결핍의 의미
를 조금씩 깨닫기 시작했다.

인간은 만물의 영장이라고 한다. 그래서 모든 것을 다
가질 수 있고 다 할 수 있는 것처럼 보인다. 만물의 영장이
라는 면류관에 걸맞게 인류는 고도의 문명, 고품격의 문화
를 발전시켜왔다. 하지만 개별적인 인간의 실상은 그렇지

않다. 아무리 갖고 싶어도 갖지 못하는 것 하나, 아무리 하고 싶어도 못 하는 것 하나쯤은 반드시 있다. 괴테는 『젊은 베르테르의 슬픔』에서 한 여인의 사랑을 얻지 못해 자살하는 청년을 그렸다. 그런 일은 현실에서도 일어난다. 꼭 자살은 아니더라도 한 여자, 한 남자의 사랑을 얻지 못해 좌절하는 인생이 얼마나 많은가. 어떤 사람은 다른 모든 것을 다 가졌으나 건강 하나가 없어 평생을 부자유하게 살기도 한다. 아무리 부유하고 많은 것을 갖춘 사람도 어느 한 가지 것 이상에 대해 결핍을 느끼며 괴로워하는 것이 삶의 진실이다. 설령 모든 것을 다 가진 완벽한 인간이 있다고 해도 말미에 죽음이 기다리고 있어서, 죽음을 뛰어넘는 영원한 생명을 자기 힘으로 얻지는 못한다. 그렇게 인간은 자기 안에 난 하나의 결핍 자국을 안고, 평생 그것을 감지하며 살아간다.

몇 년 후 나는 이 결핍이야말로 인간을 인간 되게 하는 것이라고 생각하게 되었다. 이 결핍은 인간으로서의 한계를 깨닫게 해주는 사이렌 같은 것. 그것은 아무리 유능한 인간일지라도 원하는 모든 것을 다 할 수는 없다는 사실을 깨우쳐준다. 그것이 흔히 말하는 한계상황일 것이다. 때로 그것은 지병일 수도 있고, 사랑하는 사람 혹은 자신의 죽음일 수도 있다. 때로는 이루어지지 않는 사랑일 수도 있고, 아무리 만나고 싶어도 만나지지 않는 배우자일 수도 있다.

에덴동산의 아담과 하와에게 금지되었던 선악과. 모든 것을 다 먹을 수 있지만 절대로 먹어서는 안 되는 한 가지. 모든 것을 다 가질 수 있지만 절대로 가져서는 안 되는 한 가지. 그것이 인류 최초의 법이었다. 이 선악과의 법을 통해 나는 본머쓰 바다 앞에서 들려오던 내 울음소리의 근원을 이해하게 되었다. 새는 하늘이라는 삶의 범주가 있고, 물고기는 바다라는 그들만의 범주가 있다. 인간도 인간만의 삶의 범주가 있는데, 그것은 창조주 하나님의 품이다. 하나님의 형상으로 지어져 영혼을 지녔기에 인간은 그 품을 떠나면 영혼이 죽고 만다. 그리하여 만물의 영장으로서의 탁월한 지위와 본질을 상실한다. 에덴의 두 남녀에게 내려진 선악과 금령禁令, 그것은 인간을 창조주 하나님이라는 안전하고 평화로운 삶의 범주 속에 살게 하시려는 사랑의 법령이 아니었을까. 그러나 그 최소한의 한계를 어김으로써 인간은 타락했고, 그로 인해 더 많은 규제와 금령 아래 놓이게 되었다. 본래 부여받은 안전과 평화가 깨진 것이다.

하지만 인간을 향한 하나님의 사랑은 끝나지 않았다. 고난이나 한계상황을 통해 스스로 해결할 수 없는 결핍이 있다는 것, 오직 신적神的 개입에 의해서만 그것이 해결되고 채워질 수 있다는 것을 알게 된다. 그러므로 그것은 하나님의 범주 밖으로 이탈하려는 인간을 안전지대로 불러들이는 그분의 사랑의 방식일지도 모른다. 인생에서 가질 수 없었던 것, 만나고 싶었으나 만나지지 않은 사람, 채우고 싶었으나 채울 길 없었던 욕망. 그것은 인간이 아무리 발버둥 쳐도, 이룰 수 없는 영역이 인생에는 있다는 것, 만물의 영장이라는 인간에게 절대적으로 금지된 하나가 있다는 것, 바로 에덴의 선악과의 의미를 깨닫게 해주는 장치들이 아닐까.

오랜 시간이 흐른 후 나는 그렇게도 만나기 원했던 인생의 동반자를 만났다. 그것이 내게 하나의 결핍이며 한계상황이라는 사실을 깨닫고 화해한 후였다. 그 오랜 기다림 속에서 나는 인간이 느낄 수밖에 없는 창조주 앞에서의 결핍감과 하나님의 섭리를 조금이나마 알 것 같았다. 그 때문에 비로소 인생의 동반자를 만났을 때, 그의 존재 의미가 더 묵직이 다가왔다. 그리고 나의 삶에서 그가 마땅히 있어야 할 자리에 있을 수 있도록 해주겠다고 마음먹었다.

본머쓰 바다 속으로 한 발도 내딛지 못한 채, 그 금단 앞에 서서 울던 내 속울음은 그렇게 뜻 깊은 것이었다. 그 바다는 지금도 내 가슴속에 장엄하고 아름다운 성역으로 자리 잡고 있다.

마리온네 집에서의 크리스마스

영국을 떠나오기 직전 나는 마리온 아줌마네와 함께 크리스마스를 보냈다. 태어나서 처음으로 하숙 생활을 해본 내게 그것은 마지막을 장식하는 특별한 추억이 되었다.

크리스마스 날 아침 나는 마리온 아줌마가 다니는 교회에서 함께 성탄예배를 드렸다. 전날 그 교회에 다니는 한국인을 만났는데, 한국인들끼리 한복 차림으로 특송을 부르기로 했다는 것이었다. 아쉽게도 한복은 없었지만 나도 합류하기로 했다.

백발의 노인들로 가득한 그 교회에서 우리는 시편 40편을 가지고 한국인이 작사 작곡한 '하나님의 음성을 듣고자 하면'이라는 찬양을 한국어와 영어로 번갈아 불렀다. 너무 아름답다며 한국어로 다시 불러달라는 그들의 요청에 다시 한 번 그 노래를 부르고 나서야 예배가 끝났다.

예배 후 성도들은 한 사람씩 찾아다니며 "해피 크리스마스, 해피 크리스마스!" 하고 악수례를 했다. 마리온네가 여름휴가를 갔을 때 내가 그 집에서 2주간 하숙한 적이 있는 영어교사 캐더린을 거기서 만났다. 하숙할 때 스위스 여학생과 관련된 일로 캐더린과의 사이에 약간 언짢은 일이 있었는데, 그때 그것을 풀 수 있었다.

악수례 후 으레 각자 귀가하는 것으로 끝날 줄 알았는데, 그 뒤에 벌어지는 광경을 보고 나는 그들의 크리스마스에 마음이 끌리기 시작했다. 악수례가 끝나자 각 가정이 혼자 사는 노인들을 한 명씩 맡아 집으로 모시고 갔다. 마리온 부부도 할머니 한 분을 모셔왔다. 나는 한국인끼리 크리스마스 행사를 연다는 근처의 한인교회를 잠깐 방문한 후 점심식사 시간에 맞춰 돌아왔다.

거실로 들어서니 마리온은 빨간색 크랜베리 소스를 곁들인 칠면조 요리로 영국 정통 크리스마스 식탁을 차리는 중이었다. 식탁 한가운데 두 개의 커다란 촛불이 켜져 있고, 크리스마스 때면 영국인들이 빼놓지 않는 민스파이도 접시에 담겨 있었다. 포인세티아꽃 그림으로 크리스마스 분위기를 한껏 낸 냅킨과 식탁 장식, 그리고 정통 크리스마스 요리들. 동화책에서나 보았던 그림이 현실로 내 앞에 펼쳐져 있었다.

마리온과 알릭, 그리고 모셔온 할머니와 나, 이렇게 넷이서 점심식사를 했다. 그날의 행사를 위해 마리온은 원래 자신이 모시고 살던 친정어머니를 동생네로 잠시 모셔다 놓았다고 했다. 마리온이 특별 손님을 초대할 때면 늘 식

마리온이 차린 크리스마스 식탁.
통째로 요리한 커다란 거위는 이미 잘라 개인 접시로 옮겨진 뒤라 안 보인다.

구 수가 더 적은 동생네서 어머니를 모셔가곤 했다. 과연
합리적인 사람들이었다.

마리온과 알릭은 식사하는 동안 크리스마스 요리에 대
해 여러 가지 설명을 해주었다. 예의 바른 영국인들이 늘
그렇듯이 나와 처음으로 동석한 그 할머니는 식사시간 내
내 외국인인 내게 최대한의 관심을 보이려 애썼다. 영국 할
머니들이 보여주는 사랑에 익숙했던 나는 그 식탁이 매우
즐거웠다.

식사 후 그 할머니가 곧 집으로 돌아갈 거라고 나는 생
각했다. 단순히 크리스마스 날 혼자 식사하는 게 안쓰러워
서 독거노인들에게 한 끼 식사 대접하는 거라고 생각했었

다. 그런데 할머니는 밤까지 돌아가지 않았다. 체면 때문에 일찍 돌아가려는 체하지도 않았다. 너무도 편안하게 손님 노릇을 하는 그 할머니를 보니 해마다 그렇게 크리스마스를 보내온 모양이었다.

식사 후 알릭이 설거지를 마치자 곧 선물교환이 시작되었다. 거실에 마련된 크리스마스트리 사이사이에 어느새 선물들이 숨겨져 있었다. 그것도 모르고 나는 며칠 전 한국에서 부쳐온 매듭 장식을 마리온에게 이별 선물로 줘버렸었다. 선물교환 시간에 대해 따로 대비하지 못한 나는 순간 당황스러워져서, 마리온 부부에게 크리스마스 선물을 준비하지 못해 미안하다고 말했다. 그러자 마리온은 며칠 전에 내가 준 선물이 저기 있다며 나무 뒤쪽을 가리켰다. 정말 그것은 거기에 걸려 있었다.

마리온 부부는 내게 많은 선물을 주었다. 예쁜 일기장 같은 노트, 정신병을 앓고 있는 마리온의 조카 질이 만들어준 십자수 장식 등, 영국인 특유의 정교하고 아기자기한 물건들이었다. 큰 것은 아니지만 그 작은 물건들이 내 마음에 잔잔한 기쁨을 일으켰다. 마리온과 알릭, 할머니는 선물을 끌러보며 감탄사를 연발했다. 어린애처럼 즐거워하는 우리들 곁에서 벽난로가 조용히 타고 있었다. 오후 네 시만 되면 깜깜해지는 겨울 창밖은 고요했다. 거실에는 은은한 주황색 조명등이 켜지고, 군데군데 촛불이 놓였다. 여러 개의 촛불과 어우러져 조명등이 실내에 따스한 기운을 불어넣었다. 얌전하고 사랑스러운 개 퍼디가 거실 이쪽저쪽을 왔다 갔다 하며 함께했다. 정원을 향해 난 거실 유리문으로 주황색 조명등이 밝히는 실내의 아늑한 풍경이 아름답게 비쳤다.

선물교환 후 우리는 저녁 내내 홍차에 민스파이와 비스킷을 먹으며 한가롭게 시간을 보냈다. 당시 64, 65세였던 마리온과 알릭, 80이 넘은 할머니, 그들의 조용조용한 대화가 끝없이 이어졌다. 빠른 속도로 주고받는 그들의 말을 다 알아들을 수는 없었지만, 그들과 함께하는 시간이 즐거웠다. 간간이 알릭과 마리온은 나를 대화 속으로 끌어들이

마리온이 크리스마스트리에서 선물을 꺼내고 있다. 오른쪽은 초대받은 독거노인 할머니

는 예의도 잊지 않았다. 거의 열두 시가 다 되어서야 할머니는 돌아갈 차비를 했다.

알릭은 할머니를 바래다주겠다며 일어섰다. 매일 열 시만 되면 어김없이 잠자리에 드는 마리온 부부가 이 날은 그렇게 늦게까지 손님을 접대한 것이다. 또 남의 집에 그렇게 오래 머물면서 손님 노릇을 하는 일이 좀처럼 드문 그들의 문화에서 그날만큼은 주인이나 손님이나 예외였다. 할머니를 집으로 바래다주러 나갔던 알릭이 돌아올 때쯤 나도 2층 내 방으로 올라갔다.

영국인 가정에서 함께 보낸 그해의 크리스마스는 무척이나 인상 깊었다. 번쩍번쩍하는 무대 위의 행사가 크리스마스를 주도하지 않고, 소외된 한 사람이 이웃과 더불어 주인공처럼 보내는 그 모습이 내 마음속에 아름다운 그림을 그려놓았다. 번쩍거리는 무대 뒤에는 명절이 되어도 함께 시간 보낼 사람 하나가 없어 쓸쓸히 우는 누군가가 있는 법이다. 화려한 행사를 곁들인 교회의 대형 파티에 참석했으나, 함께 마음을 나누는 따뜻한 교제 하나 없이 귀가한 후, 새벽녘에 방바닥에 엎드려 혼자 울고 말았던 20대의 어느 크리스마스가 내게도 있다.

마리온네 집에서 크리스마스를 보내고 며칠 후 나는 귀국길에 올랐다. 귀국 후에도 나는 여러 번 생각했다. 예수 그리스도가 탄생하던 날의 그 첫 번째 크리스마스와 사람들이 그날을 기념하기 시작한 초기의 크리스마스에 대해서. 그리고 우리나라에서 처음으로 이 날이 기념될 때의 모습은 어땠을까 하는 것에 대해서.

다른 문화권에 가서 기독교 문화를 처음 전하는 선교사들은 과연 어떤 크리스마스를 전하고 있을까. 생각 없이 함부로 전해지는 크리스마스 문화는 수십 년, 수백 년 후 어떤 모습으로 둔갑할 것인가. 휘황한 불빛을 찾아 모여드는 불나방처럼, 크고 화려한 것만 찾는 욕망으로 크리스마스를 기념하는 모습을 많이 본다. 하나님은 인류의 구원을 위해 메시아 예수 그리스도를 이 땅에 보내셨는데, 마귀는 그리스도의 탄생일에 산타클로스를 보냈다고 하는 말이 의미 없는 과장만은 아닐 것이다. 반드시 이래야만 한다고 말할 수는 없겠지만, 바로 그것이 마리온 아줌마네와 함께 보낸 크리스마스가 기억에서 오래 지워지지 않는 이유인 것 같다.

예수원의 그 선교사

귀국하자마자 나는 강원도 태백산의 예수원을 찾았다. 마음 놓고 큰소리로 기도 한번 못 해본 게 9개월. 예수원 같은 기도처가 얼마나 그리웠던가. 1월 초순의 예수원은 눈사태라도 난 듯, 입구의 길목을 걸어가는데 발이 푹푹 빠졌다. 그렇게 원 없이 눈을 밟아본 것 또한 언제였던가.

가끔이지만 하나님을 깊이 만나고 싶은 생각이 들 때면 예수원을 찾았다. 신기하게도 그곳은 나를 짓누르는 문제에 대해 객관적으로 바라보게 해주었다. 그로 인해 나는 상황이 많이 힘들어도, 상황에 매몰되지 않고 훨씬 여유로워져서 그곳을 내려오곤 했다. 또한 내가 묻혀 간 세속의 때를 벗겨 영혼을 맑게 씻어주었다. 세상의 시끄러운 소리가 배제된 가운데 놀라운 집중력을 갖게 하는 그곳에서 나는 내가 처한 문제의 본질에만 집중할 수 있는 단순함으로 회복되곤 했다. 타국 생활로 지친 심신을 이끌고 올라간 그때의 예수원도 그런 회복과 쉼을 내게 선물했다.

우리나라가 지극히 가난하고 희망 없어 보이던 1965년,

성공회 소속 선교사로 파송 받아 태백산 중턱에 예수원을 세운 미국인 토레이(대천덕) 신부. 우리 민족을 위해 간구하는 중보기도처로서 한국인조차 정착하기 어려운 깊은 산골짝에 부인과 함께 그는 정착했다.

거기서 내가 심신을 달래는 동안 팔순이 훌쩍 넘은 '그 선교사'는 링거를 맞으며 누워 있다고 했다. 예배드리기도 힘들 만큼 쇠약해진 그를 대신하여 그의 부인이 한국인들과 함께 예배를 드리고 있었다. 한국에서 나고 자라 한국어를 한국인처럼 잘하는 그의 딸도 함께였다. 그는 병들어 누워 있지만, 그가 일군 중보기도처는 수많은 한국인들로 북적댔다. 그가 한국을 위해 품었던 소망이 그가 길러낸 현지인 스텝들에 의해 계속되고 있는 것이다. 그 광경을 보니 20대 후반에 처음으로 예수원을 찾았을 때의 일들이 떠올랐다.

고난주간이었던 그때 그 선교사는 한국에서 30여 년을 산 외국인 치고는 다소 느리지만 상당히 정확한 한국어로 설교를 했다. 성경구절을 여기저기 한 문단씩 찾아가며 예수 그리스도의 고난에 대해 혼신을 다해 설교하던 모습. 아침 일찍 성찬식을 마친 후 나뭇가지 하나씩 꺾어들고, 그의 인도 하에 쌀쌀한 예수원 숲길을 걸어 다니며 그리스도의 고난을 묵상하던 일. 검은 신부복을 입은 그와 함께한 그날의 산중 예배는 내 신앙생활의 가장 아름다운 추억 중의 하나로 남아 있다.

산중 예배를 마치고 돌아온 그날 낮에 나는 화가인 그의 아내가 그렸다는 성화聖畵와 예수원 주변을 그린 풍경화들을 구경했다. 특히 작은 기도방에 걸려 있는 예수님 그림을 처음 본 순간 가슴이 쿵! 하고 충격에 휩싸였다. 가시관을 쓰고 십자가상에서 성부 하나님을 향해 애타게 부르짖는 예수님의 눈빛을 얼마나 생생히 묘사했는지, 마주 바라보기 섬뜩할 정도로 강렬하고 처절했다. 그녀가 묘사하려 했던 것은 "나의 하나님, 나의 하나님, 어찌하여 나를 버리셨나이까?"(마태복음 27:46)라는 그분의 울부짖음이 아니었을까. 그때 그 그림들을 본 후 화가인 그녀의 아름다웠을 처녀 시절을 상상하면서 애틋한 감정에 마음이 아팠었다. 나도 그때 젊은 처녀였기 때문에, 주님의 길을 따르기 위해 버려야 할 많은 것들을 들꽃가지 꺾어 던지듯 쉽게 포기하기에는 얼마나 처절한 아픔이 수반되는지 모르지 않았다. 그러므로 남편과 함께 먼 타국의 산중에 삶을 송두리째 던진 그녀(물론 나이가 들어서 오긴 했지만)에 대해 존경과 연민의 감정이 교차했었다. 그리고……, 그런 그녀가 몹시 부러웠었다.

내가 그곳에 머무는 동안 그 선교사는 내내 거동을 못했다. 어쩔 수 없이 나는 그의 얼굴을 못 본 채 내려왔다. 그리고 세 달 뒤 나는 몽골로 출국했고, 오래 지나지 않아

예수원 올라가는 길. 발이 푹푹 빠졌다.

그의 타계 소식을 들었다. 결국 몇 년 전에 갔을 때 본 게 그의 마지막 모습이 되고 말았다.

몽골 입국을 앞두고 나는 두렵고 떨렸다. 나를 덮고 있는 죄의 층이 너무 두터워 괴로웠다. 영국에 머무는 동안 영적 전쟁이 얼마나 치열했던가. 죄에 대해 나는 너무 약했다. 그런 내가 이교 문화가 지배해온, 신을 벗고 들어서야 할 거룩한 땅인 선교지로 어떻게 들어간단 말인가. 아무리 꺾어도 다시 차오르는 죄성罪性을 인식하면서, 죄와 싸우고 두려움을 떨치기 위해 그곳에 올랐던 것이다. 그런 착잡한 심정을 가누며 예수원 숲길을 걸어, 속초시가 한눈에 내려다보이는 '이태리 국경'까지 올라갔다. 그리고 아무도 없는 그곳에서 혼자 기도하고 찬양을 부르다 내려왔다.

그때의 방문은 나로 하여금 그곳을 새로운 눈으로 바라보게 해주었다. 이전과는 달리, 이제 막 선교지로 입국하려는 그때 나는 새삼스럽게도 그곳을 토레이 신부의 선교지로서 바라보게 된 것이다. 곤경에 빠진 이방 민족을 위한 한 선교사의 희생의 결정結晶이 바로 예수원이라는 사실. 그 선교사의 30년 헌신의 흔적들을 보면서 내가 그의 삶에 빚졌음을 마음 깊이 인정했다.

곳곳마다 교회 없는 곳이 없는 한국. 으리으리한 대형교회도 적지 않은 한국. 어느 때는 마치 이 교회들이 우리나라에 처음부터 있었던 것처럼 큰소리치며 당연시한다. 우리가 받은 복음이 마치 태어날 때부터 그냥 있었던 것처럼 배불러한다. 그러나 1990년대 후반까지도 그 선교사는 깊은 산골짝에서 80이 넘은 노구를 이끌고 한국과 한민족을 위해 중보기도 하다가, 거기서 죽음을 맞았다.

제2부

―

몽골어 시간

황무지는 없다

몽골에 가기 전, 나는 몇몇 사람과 중앙아시아 키르키즈
스탄의 수도 비쉬켓에서 카자흐스탄의 알마티까지 자동차
여행을 하게 되었다. 우즈베키스탄과 키르키즈스탄 두 나
라를 4박 5일에 걸쳐 바삐 방문한 후, 한국 행 비행기를 타
러 카자흐스탄 공항으로 가는 길이었다. 자동차로 예닐곱
시간 걸리는 여행길 내내 겨울비가 추적였다.

옛 실크로드라고 했다. 비교적 잘 닦인 2차선 도로가
죽 뻗어 있고, 좌우로는 중앙아시아의 그 유명한 초원 지
대가 끝없이 펼쳐져 있었다. 국경 지대에 이르자 샤실락이
라는 양고기 꼬치구이를 파는 가판대가 여럿 보였다. 그
중 한 판매대 옆 말뚝에는 양 한 마리가 묶여 묵묵히 비를
맞았다. 연기를 뿜으며 구워지고 있는 고기가 다 떨어지면
다시 꼬치에 끼워지기 위해 죽음을 기다리는 양이었다. 인
적 드문 국경 지방의 자그마한 양고기 상점들은 흐린 겨울
하늘과 어우러져 이국적인 풍취를 짙게 자아냈다.

오랜 시간 달린지라 어쩔 수 없이 들러야 했던 화장실은

그야말로 진풍경이었다. 출입문도 없는 커다란 헛간 같은 곳을 들어서자, 두 줄로 길게 늘어선 네모난 구멍들이 눈에 들어왔다. 한 줄에 적어도 열 개 이상은 돼보였다. 입구에서 기다리다가 자리가 나면 들어가 다른 사람들과 함께 일을 봤다. 구멍을 피해 걸어가는 주변 통로에는 빗물에 섞인 인분이 제멋대로 흩어져 있었다. 일이 다급하지만 않으면 정말 피해 가고 싶었으나 어쩔 수 없는 일. 최소한 남녀 구별이라도 되어 있는 게 다행이라며 우리 일행은 웃었다.

옛 실크로드를 달리는 예닐곱 시간 동안 그곳은 우리가 유일하게 사람을 만난 곳이었다. 내가 해본 여행 중에서 그렇게 긴 시간 동안 사람 구경을 할 수 없는 곳은 처음이었다. 그만큼 여행 내내 적막이 흘렀다. 그래서인지 그곳은 다소 환상적인 그림 같은 느낌을 주었다.

화장실에서 나온 우리는 다시 달리기 시작했다. 겨울비에 휩싸인 그곳은 하늘이 너무 낮게 내려앉아, 낮인데도 온통 잿빛이었다. 풀이 다 죽어 황량하고 광활한 초원만이, 아니 황무지만이 바라다보였다. 잿빛에 눌린 그곳은 언젠가 사진으로만 본 적 있는, 에밀리 브론테의 소설 '폭풍의 언덕'의 배경이 된 그 황무지 같은 느낌이었다. 거칠고 음울한 주인공 히스크리프의 이미지와 딱 어울렸다.

그렇게 인적이 드물고 야성적인 지역을 가보기는 처음이었다. 그래서인지 그 드넓은 땅을 스쳐 지나가면서 나는 무지하게도, '저곳에 사람이 살 수 있는 건물을 짓고 개발한다면 얼마나 많은 사람들이 편히 살 수 있을까'라는 생각을 했다. 1, 2초 정도의 짧은 순간 동안, 땅덩어리 좁은 한국에서 나고 자란 우물 안 개구리였던 나는 한국에서나 해봄 직한 생각을 주저 없이 하고 있었다. 멋대로 버려져 있는 듯한 그 땅들이 너무 아까웠다. 사람 하나 안 지나다니고 짐승 한 마리 안 보이는 그 넓은 땅. 애꿎은 비만 내리고 음산한 잿빛으로 가득 차 이루 말할 수 없는 적막감이 돌던 땅. 순간이지만, 나는 저 넓은 땅이 그냥 저렇게 버려져 있어도 좋은가 하며 안타까워했다.

그런데 잠시 후 "누가 이곳을 쓸모없는 땅이라 하더냐?"라는 주님의 책망이 들려오는 것 같았다. 그 짧은 시간 동안 두 가지의 상반된 생각이 머릿속에서 엇갈리며 대화를 주고받았다. 그때 나는 나 자신이 어쩔 수 없이 자본주의 사회의 인간이라는 사실을 실감했다. 나중에 안 일이지만, 그곳은 말 그대로 초원이었다. 고등학교 지리시간에 귀가 닳도록 들은 중앙아시아의 스텝 지역 말이다. 만일 그때가 여름이었다면 그 풍경은 나 같은 도시 촌뜨기의 마음을 다 앗아가고도 남을 푸르른 초원이었을 것이다. 몇 년 후 몽골에서 살며 유목 생활에 대해 보다 잘 이해하게 되었을 때, 그때의 내 생각이 얼마나 어리석었는지 알게 되었다. 내가 황무지라고 여기며 안타까워했던 그 땅은 수많은 유목민들이 가축을 놓아기르는 삶의 터전이었다. 또한 말을 타고 달리며 북방 민족의 기상을 한껏 펼치는 꿈의 터전이기도 했다.

나는 내 무지가 얼마나 부끄러웠는지. 불과 1, 2초 정도의 짧은 순간이었지만, 그런 사고 뒤에는 나면서부터 답습해온, 유용성만으로 사물을 판단하는 자본주의적 사고방식이 똬리 틀고 있었던 것이다. 그런 편협한 시각으로 볼때 적어도 그날 내 눈에 비친 그곳은 쓸모없었다. 겨울만 아니었어도, 그렇게 비만 추적거리지 않았어도, 또 그렇게 하늘이 낮고 잿빛에 눌려 있지만 않았어도, 그곳 풍경에 매혹되었을 텐데 말이다.

그 일을 계기로 나는 훗날 '과연 황무지가 있는가?'라는 질문을 품게 되었다. 결론부터 말하자면, 황무지는 없다는 것이 내 생각이다. 이 창조 세계에 황무지란 없다. 인간 중심적인 시각과 필요에 따라 황무지라는 이름이 생겨난 건 아닐까. 인간에게 효용 가치가 있든 없든 자연은 그 자체로서 존재 의미를 지닌다. 하나님이 창조하신 세계는 그분이 보시기에 좋았으므로(창세기 1:10) 버릴 것이 없다.

그 후 나는 이런저런 다른 민족, 다른 문화권을 경험하면서, 인간의 삶이 얼마나 다양한지에 대해 눈떴다. 도시에서만, 정착 문화 속에서만 자라온 나. 그러나 이 세상에는 아직도 떠돌아다니며 생업을 해결하는 유목민도 있다는 것을 가까이서 보았다. 유목민의 삶은 새로운 세계였다. 시멘트로 지은 반듯하고 서구적인 집에서 안락함을 느껴온 나는 양가죽으로 지붕과 벽을 만들어 텐트처럼 치고 사는 집, 가운데 놓인 화덕을 중심으로 둥근 벽을 따라 서너 개의 침대를 놓은 천막 같은 집에서 몇 번 잠도 자보았다. 내 기준으로 보면 여행 중에 쳐놓은 텐트에 지나지 않는 곳이 그들에게는 집이다. 그들은 그곳에서 안정감을 얻는다. 칸막이조차 없고 남녀노소 구별도 없이 3대가 하나의 공간 안에 산다. 첨단 운송 수단이 발달한 이 시대에 아직도 말을 타고 달리는 유목민들처럼, 나도 드넓은 초원을 왕복 한두 시간씩 말을 타고 달려보기도 했다. 칭기스칸 시대의 수도 하르 호롱을 찾아가다 길을 잘못 들어 발이 닿은 어느 야산에서는, 아직 누구의 손도 닿지 않은 것처럼 보이는 원시 상태의 자연을 통해 '창세기'를 만난 듯했었다.

삶은 얼마나 다양한가. 아들 딸 둘만 낳아 남보란 듯 잘 기르고 번영되게 잘사는 것을 공통된 삶의 목표로 갖고 있는 사람들. 남 보기에 뒤지지 않는 비슷한 아파트에 살아야 안전감을 느끼고, 유행에 뒤지지 않는 옷을 입고 대형 쇼핑센터에서 물건을 사는 데서 안정감을 느끼는 사람들. 모두 획일화된 안정, 획일화된 부, 획일화된 웰빙(well-being)을 꿈꾼다. 그러나 어느 텔레비전 프로그램에서 본 것처럼, 여덟 식구 중 일곱 명이 정신지체 장애인인 가족도 이 땅

눈밭으로 변한 초원에서 말을 타고 한두 시간씩 달려보기도 했다.

에는 산다. 그들의 삶도 삶이다. 이 시대의 세속적인 성공의 척도에 삶을 끼워 맞추는 데 여념이 없거나 현대판 귀족사회를 지향하는 사람들은 어쩌면 그런 장애인 가족의 삶을 삶이 아닌 것처럼, 그럭저럭 살다 가버릴 하찮은 인생처럼 여길지도 모른다. 하지만 그들도 하나의 가정으로서 질서가 있고 사랑이 있다. 후들후들 떠는 몸짓으로나마, 한 단어를 말하기 위해 온몸을 비틀지 않으면 안 되는 말투로나마, 각자 자신에게 부여된 자리에 서서 존재의 의무를 다하려 애쓴다.

　사람은 단 한 발도 올라서지 못할 바닷가의 단애, 그 가파른 절벽에 흑로黑鷺는 둥지를 튼다. 사람에게 아무 소용

없어 보이는 그곳이 그들의 터다. 그곳에서 그들은 생명을 전수해 나간다. 사람 눈에 바퀴벌레가 아무리 더럽고 징그럽게 보여도, 생태계의 균형을 위해 반드시 필요하다. 하나님이 창조하신 이 세계에 황무지는 없다. 인간 중심적인 시각으로 효용 가치를 따라 그렇게 부른 곳, 그곳이 황무지다. 황무지는 인간의 좁은 사고, 뒤틀린 시각 속에만 존재한다.

이교도의 첫 인사

지금도 그날 일을 떠올리면 긴장감이 돈다. 가도 가도 끝 없는 초원에 매혹된 몽골. 첫 발을 디딘 지 3년 만에 나는 다시 그곳에 갔다. 겨우 1주일 정도 여행해본 적 있는 그곳 에서 평생을 보내겠다고 말이다.

도착한 지 닷새째 되는 날 나는 러시아 가게에서 푸른 빛깔 카펫을 사다 월세로 얻은 원룸에 깔고, 큰 시장에 나 가 나무 싱크대와 살림살이 몇 가지를 사가지고 왔다. 외 국에서 처음으로 내 소유의 가재도구를 갖추어 살림을 꾸 리는 중이었다.

오후 대여섯 시쯤 되었을까. 부엌살림을 정리하고 있는 데, 5층짜리 러시아 식 아파트 2층에 자리 잡은 내 원룸 바깥 계단에서 갑자기 여자 비명소리가 들려왔다. 쿵쿵거 리는 발소리와 남자의 둔탁한 신음소리도 이어졌다. 순간 '아, 부부싸움 자주 하는 집 아래서 살게 생겼구나.' 하면서 대수롭지 않게 넘겼다.

30분쯤 지났을까. 바로 위층에 살며 나의 정착 작업을 돕던 한국인 가정의 어린 딸이 저녁 먹으러 오라며 문을 두드렸다. 하던 일을 멈추고 나는 아이 손을 잡고 3층으로 올라갔다. 그런데! 계단을 오르다 나는 경악했다. 계단과 그 집 현관 앞이 온통 피범벅이었다. 맨발로 피를 밟고 문 질러댄 듯 지질려진 발자국들이 드러나 보였다. 태어나서 처음으로 그렇게 많은 피를 보았다. 순간 뇌 속으로 비수 같은 것이 강력하고 날카롭게 헤집고 지나가는 듯했다. 놀라움과 충격의 강도가 너무 커서 나는 평정을 잃었다.

아이를 따라 급히 현관문으로 들어섰다. 그리고는 황급히 부엌으로 들어가, 저녁 준비를 하고 있는 아이 어머니에게 물었다.

"밖에, 무슨 피예요?"

부들부들 떠는 내게 그녀는 아무렇지도 않게 "앞 집 사람들이 싸웠어요. 사위가 아들 목을 칼로 내리쳤대요." 하며 손으로 시늉을 해보였다. 이어서 "작년엔 이 아파트에서 일본인 한 명이 죽었어요. 빚쟁이가 도끼로 죽였대요." 한다. 할 말을 잃은 나는 눈앞의 창문으로 뛰어내리고 싶다, 탈출하고 싶다는 강하고 실제적인 충동에 사로잡혔다. 식사 후 아래층의 내 집으로 돌아가기 위해 피로 얼룩진 그 계단을 다시 통과할 자신이 없었다. 그 부엌 창문이 마치 집으로 돌아갈 유일한 통로처럼 보였다. 머릿속이 순간 너무도 어지러웠으나, 다행히도 나 자신이 비정상적인 정서

상태에 있다는 것을 금세 깨달았다. 그 충동을 실행에 옮기지 않을 만큼의 이성이 남아 있어 나를 지켜주었다. 식사를 하는 둥 마는 둥하고 나는 일행과 더불어 2층 내 집으로 무사히 내려왔다. 하지만 그 충격으로 곧장 앓아누워 버렸다.

사흘 동안 아무것도 할 수 없었다. 집안 정리를 완전히 중단한 채 줄곧 침대에 누워 지냈다. 그러다가 불안하여 흐트러지는 마음을 모으기 위해 간간이 일어나 책을 읽었다. 그날 밤 자고 나니 눈을 못 뜰 지경으로 얼굴이 부어오르고, 헤르페스라는 스트레스 성 피부염이 얼굴 가득 피어 있었다. 약도 없는 그곳에서 그 열꽃들이 다 가라앉을 때까지 속수무책으로 버텨야 했다.

극도의 공포감으로 나는 매일 잠을 이루지 못했다. 바로 내 머리 위에 그 집이 있었기에, 밤만 되면 침침한 백열전구가 매달린 천장에서 마치 피가 벌레처럼 스멀거리는 듯했다. 섬뜩한 느낌에 자꾸 천장을 올려다보았고, 그럴수록 무엇엔가 사로잡힌 듯 거동을 자유롭게 하지 못했다.

신기하게도 사건이 일어난 그날 밤, "세상에선 너희가 환란을 당하나 담대하라 너희가 세상을 이기었노라"라는 다윗과 요나단의 노래가 조용하고도 끊임없이 입에서 흘러나왔다. 소파에 앉은 채 새벽 네댓 시까지 뜬눈으로 그 노래를 반복했다. 수백 번은 넘게 불렀을 것이다. 그것은 공포를 극복하기 위해 그때 내가 시도할 수 있는 유일한 일이었다.

그런데 그렇게 거듭거듭 노래 부르는 동안 말끔히 잊었던 한 광경이 떠올랐다. 수년 전, 지금은 번화한 아파트 단지로 변한 수서동 비닐하우스 촌에서 나는 2년 동안 공부방 수학 교사로 봉사 활동을 한 적이 있었다. 의욕적으로 아이들을 가르치기 시작할 무렵, 버스에서 내려 비닐하우스 마을로 막 들어서려는데, 위통을 벗고 칼을 든 남자가 맞은편에서 걸어오고 있었다. 소스라치게 놀라 나는 아무 집으로나 뛰어들었다. 다행히 그 남자는 내가 서 있는 곳을 지나쳐 갔다.

행여나 그가 다시 돌아서 올까 싶어 얼른 우리가 공부하던 방으로 달려가 보았다. 평소에 그렇게 북적이던 사람들이 온데간데없고 괴괴한 침묵만 감돌았다. 항아리가 깨어져 땅에 나뒹구는데, 시뻘건 고추장이 피처럼 흘러 있었다. 몹시 괴기스러워 보였다. 겁에 질린 채 천막교회 문을 열어젖히자, 아이들이 모여 미술 공부를 하고 있었다. 나는 무작정 뛰어 들어가 오르간 뒤에 쪼그려 숨었다. 놀라움이 좀처럼 가라앉지 않고 가슴이 계속 뛰었다. 겁이 나서 봉사 활동을 그만둘까 생각했다. 하지만 그러기엔 뭔가 억울했다. 결국 끝까지 버틴 2년 후 우리의 봉사 활동이 그 마을에 가져다준 풍요로운 열매는 기대 이상이었다. 충격으로 떠는 그 밤 내내 이상하게도 잊고 있던 그 일이 계속 떠올랐다.

다음날도 그 다음날도 나는 밖에 나가지 못했다. 문제의 그 사람들을 마주치게 될까봐 두려웠고, 몽골사람들 모두가 두려웠다. 더욱이 몽골어를 한 마디도 못 했으므로 두려움이 증폭됐다. 한동안 쓰레기도 버리러 나가지 못해서, 좁은 원룸 안에 쓰레기가 수북했다.

한 달쯤 지났을까. 그날도 나는 새벽 한 시쯤 100촉짜리 백열등 밑에서 윗집을 의식한 채 소파에 앉아 공포에 젖어 있었다. 그런데 머릿속에서라고 할까. 구약성경 창세기 15장에 나오는 아브라함과 하나님 사이의 언약식 현장에 내가 있는 듯한 느낌이 들었다. 아브라함은 하나님의 명령대로 제물을 쪼개놓고 깊은 잠이 들었다. 캄캄한 밤이 되자 두려움에 떨던 아브라함에게 하나님이 나타나시고, 쪼갠 고기 사이로 횃불이 지나간다. 언약이 맺어진 것이다. 자녀가 없는 아브라함에게 무수한 자손을 주고, 이방 땅에서 무시당하며 사는 그에게 애굽 강으로부터 큰 강 유브라데까지 이르는 땅을 주시겠다는 약속이 주어졌다.

환상이나 꿈이 아니라, 마치 영적인 눈으로 그 장면을 보는 것 같았다. 그때 몽골에 가기 직전의 내 고백이 떠올랐다. "내가 선교지로 가는 이유는, 하나님이 나를 사랑하시는 것을 내가 알고 내가 하나님 사랑하는 것을 그분이 아시는, 그 비밀한 관계 속에서 맺어진 서로간의 약속이며 사랑의 방식"이기 때문이라고 나는 썼었다. 그것을 떠올리며 나는 내가 어떤 상황에 처해 있다 하더라도, 하나님과의 그 내밀하고 강한 사랑의 언약관계 속에서 보호받고 있음을 되새겼다. 신비스럽게도, 바로 그 순간 거의 한달 이상 계속된 공포감에서 풀려났다. 나중에 돌아보니, 그 과정은 죽음의 세력과의 싸움이었고, 그에 대한 내 안의 두려움과의 싸움이었다. 한 달 뒤 그 아파트의 바로 옆 통로에서 러시아 남자가 대낮에 아내를 죽이고 불을 지른 대형사건이 일어났을 때, 나는 그때처럼 그렇게 큰 두려움에 떨지 않아도 되었다.

그 사건을 통해 나는, 선교는 단순히 포교 활동이나 인도주의적인 봉사 활동이 아니라, 생명과 죽음의 문제라는 사실을 깊이 느꼈다. 쪼개진 동물 사이에서 하나님과 아브라함이 언약을 맺은 것은, 어느 한 쪽이 그것을 파기할 경우 쪼개진 동물들처럼 죽음 당한다는 것을 의미한다. 거듭 우상숭배의 죄를 범하는 이스라엘 백성에게 하나님은 선지자 예레미야를 통해, 송아지를 둘로 쪼개 그 둘 사이로 지나 언약을 세우고, 그것을 범한 백성의 생명을 원수의 손에 붙이겠다고 하셨다(예레미야 34:18-20). 바로 그런 운명에 처한 인간, 계약을 파기할 수밖에 없는 죄인인 인간을 위해 예수 그리스도는 피 흘리며 대속代贖의 죽음을 죽었다. 내가 그곳으로 선교하러 간 것은 이러한 의미를 내포한 생명과 죽음의 언약을 배경으로 이루어진 일인 것이다.

도착한 지 닷새 만에 겪은 충격적인 살인미수 사건을 통해서 나는 선교가 생명과 죽음에 관한 일이며, 기독교 신앙이 하나의 세련된 종교가 아니라 생명과 죽음에 관련된 일이라는 것을 절감했다. 이런 의미에서 그 사건은 선교사 초년생으로 하여금 '선교란 무엇인가'에 대해 보다 입체적이고 근원적인 의미를 생각하게 해준 이교도의 첫 인사였다.

몽골어 시간

열흘쯤 지나자 본격적인 몽골어 공부가 시작되었다. 월요일부터 금요일까지 매일 두 시간씩 개인 교습으로 진행되는 수업을 위해 아침 10시면 어김없이 몽골어 선생님이 집으로 찾아왔다. 영어도 한국어도 모르는, 러시아어에 능통한 몽골인 선생님과 한국어와 영어만 아는, 러시아어를 전혀 모르는 한국인 학생 사이의 생짜배기 공부가 시작되었다.

"아, 베, 웨, 게, 데……."

말은 몽골어를 사용하지만 문자는 러시아어를 사용하는 까닭에, 35개의 러시아어 알파벳을 노트에 받아 적고 따라 읽으며 첫 수업을 했다. 영어와 모양이 비슷하지만 발음이나 개수에 차이가 많아, 과연 알파벳 암기를 통과할 수 있을까 겁이 났다. 그것을 필두로 둘은 매일 아침 머리를 맞대고 단어와 문법을 분석해 나가기 시작했다.

수업을 시작한 지 며칠 되지 않은 어느 날 교사는 '이 책은 나중에 공부하고 저 책을 먼저 공부한다'라는 메시지를 내게 전하기 위해 탁자 위의 책을 들었다 놓았다 하며 안간힘을 썼다. 얼핏 그런 뜻인 것 같다고 생각은 했으나, 뭔가 중요한 말일지도 몰라 곧장 알은체하지 않고 좀 더 지켜보았다. 그러자 그녀는 답답한지 내게 위층에 사는 한국인을 데려오라고 천장을 손가락으로 가리켰다. 다른 사람까지 불러들이기 번거로워 '이 책은 나중에 공부하고 저 책을 먼저 공부한다고요?' 하는 제스처를 내 나름대로 또 해 보였다. 그러자 그녀는 고개를 크게 끄덕이며 활짝 웃었다. 그러기까지 걸린 시간이 무려 10여 분.

정말 신기했다. 서로의 언어를 전혀 모르는 두 사람이 한 달, 두 달 매일 만나면서 서로 이해하기 시작한다. 확실히 알아듣지는 못해도 웬만큼 알아차린다. 그렇게 언어를 배우는 초기에 나는 언어 교사에게 완전히 의존적인 존재가 되어 있었다. 그녀는 내게 언어 선생님일 뿐만 아니라 생활의 사소한 면까지 보살펴주는 엄마였다.

언어 공부가 힘들다는 것은 두말하면 잔소리다. 본토인들은 일상 속에서 자연스럽게 흘리듯 사용하는 말들을 단어와 단어, 음절과 음절로 분석하는 데 엄청난 에너지를 쏟아야 한다. 그렇게 분석하며 배우기 시작한 후 6개월쯤 지나야 겨우 몇 문장 구사할 수 있게 된다.

나는 주말만 빼고 하루도 빠짐없이 방문하는 교사가 오늘은 무슨 일이라도 생겨 못 오게 되었으면, 할 때가 한두

내가 살던 조크무제. 러시아식 아파트들이 보인다.

번이 아니었다. 전화라도 있으면 전화를 걸어 오늘 아프니 오지 말라고 꾀병을 부리겠는데, 피차 전화가 없으므로 그 것도 불가능했다. 꼼짝없이 매일 아침 그녀의 방문을 받아야 했고, 성실한 그녀는 하루도 거르지 않았다. 어떤 때 는 스트레스 때문에 짜증도 부려봤다. 교재가 적절치 않다는 둥, 집에서 공부하려니 잘 안 된다는 둥 투정도 부렸다. 하지만 그것은 극심한 스트레스 속에서 표출되는 얼토 당토않은 불평일 뿐이라는 걸 스스로 잘 알았다. 다행히 그녀는 투정의 이유를 알아주는 듯했다. 어느 날인가는 과도한 스트레스를 못 이겨 수업이 끝나기 전 헛구역질까지 했다. 그때 눈을 동그랗게 뜨고 지켜보던 그녀는 무슨 생각을 했을까.

돌아보면, 그것은 작은 조각칼로 바위를 긁어나가는 듯한 과정이었다. 몽골어가 딱히 어려워서가 아니라, 알파벳조차 모르는 생소한 언어를 현지에 가서 삶과 더불어 체득해 나가야 했기 때문이다. 몽골어뿐이랴. 수년간 문법이며 어휘며 그 언저리를 수없이 맴돌았던 영어도 마찬가지다. 영국에 처음 도착했을 때도 며칠 동안은 귓가에서 벌떼가 윙윙거리듯 하루 종일 귀가 먹먹했다. 학교 수업이나 책을 통해 영어 공부를 할 때와 막상 영어를 구사하며 살아야 할 때는 그 느낌이 전혀 달랐다. 그때도 나는 언어의 분리, 의사소통의 단절로 인한 무력감과 과중한 스트레스를 얼마나 강하게 느꼈던가.

이렇게 외국어를 배우고 사용하며 그 나라에서 사는 일. 나는 그것을 마치 소경이 어둠을 더듬듯 끊임없이 머리로 말을 더듬어대는 언어의 어둠이라고 말하고 싶다. 언어라는 어둠을 더듬는 언어의 소경이 되는 것이다.

사소한 행동과 의사 하나하나를 외국어로 만들어내는 일밖에는 생각할 수 없는 어둠 속에서 나는 자주 사고의 진공 상태 같은 것을 경험하곤 했다. 언어와 사고의 연관성이 얼마나 긴밀한지, 표현이 제한된 상태에서 유연하고 풍요로운 사고가 존재할 수 없음을 절감하곤 했다. 한국어로 자유롭게 구사해내던 사고의 풍요로움, 미세한 감정을 한 올 한 올 말의 갈래를 갈라가며 섬세하게 표현하던 그 자유로움을 상실한 사고의 진공 상태에서 나는 마치 다른 존재가 되어가는 것 같았다. 그러면서도 그 어둠 속에서 모든 인간의 욕구며 생각이 얼마나 유사한지, 그 보편성을 담고 있는 언어의 신비로움을 짙게 느꼈다. 다른 문화, 다른 외모로 인한 이질감보다, 인간이라는 같은 종으로서 공유하고 있는 보편성에 거듭 놀라고 감탄할 때가 많았다. 그리고 그것은 이질적인 상대에 대해 애정을 불러일으켰다. 또 그것은 몇 개월 지나면 언어가 한 꺼풀 한 꺼풀 옷을 벗고, 내 앞에 정체를 드러내리라는 희망을 갖게 했다.

그런 과정을 통해 나는 창세기 11장에 나오는 바벨탑 사건의 의미를 보다 잘 이해할 수 있을 것 같았다. 창조주 하나님을 향해 성과 대를 쌓아 자신의 이름을 드러내려는 인간의 반역에 대해 하나님이 취하신 조치는 다름 아닌 언어를 혼잡케 하는 것이었다. 그들이 한 족속이며 언어가 하나이기 때문에 단합하여 반역을 시도할 수 있었다는 것이다. 하나님은 언어를 여러 개로 나누어 서로 알아듣지 못하게 하고, 인간을 여러 지역으로 흩어버리셨다. 그러자 인간은 곧 무력해졌다.

바벨탑 사건이 한낱 지어낸 이야기가 아니라, 정말 그럴 수밖에 없는 역사적 사실이라고 나는 굳게 믿어졌다. 적중한 방법이 아닐 수 없다. 인간이 무력해져 서로 단합할 수 없게 만드는 것, 그것은 바로 언어의 분열이다. 언어를 알아듣지 못하고 자유롭게 구사하지 못하는 한 인간은 자신의 뜻을 원하는 대로 다 실현시키지 못한다. 하나님을 대적하여 교만해진 인간에게 내려진 처방이 바로 언어의 분열이었다는 사실. 과연 하나님의 지혜는 놀랍다. 만일 지금 모든 지구상의 족속이 같은 언어를 사용한다면, 이 세계는 너도 나도 없이 얼마나 더 아수라장이 될까.

몽골어를 공부하면서 나는 이 점에 대해 여러 번 생각했다. 죄와 반역으로 인해 여러 개로 나뉜 언어. 아, 베, 웨, 게, 데……, 나의 그 어눌한 떠듬거림은 하나님을 반역한 인간의 후예로서 언어의 분리라는 형벌을 겪고 있는 자의 모습이 아니었을까. 한 글자, 한 글자 알아나갈 때마다 형벌로 인해 주어진 거대한 장벽을 조각칼로 한 칼, 한 칼 긁어내는 듯했다. 회복의 소망으로 말이다. 언어가 분리되어 의사소통이 단절되었다면, 이국땅으로 복음 전하러 온 선교사가 제일 먼저 할 일은 소통의 가교를 놓는 일이다. 복음을 전하여 죄를 인정하고 용서받아 본래 지음 받은 하나님의 형상으로 회복되도록 하는 것이 선교라면, 그 일을 위해 선교사는 먼저 분열된 언어부터 회복해야 한다. 조각칼로 거대한 바위 덩어리를 긁어내듯이 잃어버린 언어를 한 단어 한 단어, 한 문장 한 문장 찾아내는 일. 그것은 바벨 사건 당시의 조상이 잃어버린 언어의 기억을 거슬러 올라가는 일 아닐까. 복음은 바로 그 회복된 언어로 전해야 하리라.

하나님이 말씀으로 세계를 창조하신 것처럼, 인간은 언어로 문화를 창조한다고 한다. 이교 문화가 지배적인 선교지에서 예수 그리스도의 복음에 기반을 둔 기독교 문화를 창조해 나가는 일이 선교사의 사명이다. 그렇다고 한다면, 선교사가 처음 1-2년간은 오직 언어공부에만 전념해야 한다는 선교 이론은 매우 실제적이며 본질적이다. 복음과 기독교 문화를 전하되, 어떻게 그들의 언어에 녹여 표현해내는가 하는 것이 관건이기 때문이다.

몽골어를 배우는 긴 인내의 과정을 통해 바벨에 얽힌 이 비밀을 배웠다. 그것을 깨달았을 때 언어공부 과정은 신비롭고도 의미심장했다. 바벨탑 때문에 잃어버린 통일된 언어를 찾아가는 과정은 그야말로 놀라운 감격의 시간들이었다.

B와 카메라

몽골어 기본 문법을 끝낸 후 나는 B와 일주일에 두 번씩 만나 새로 번역된 신약성경을 읽기 시작했다. 그녀와 교제도 할 겸 배운 문법으로 독해 연습을 하기 위해서였다. 그 일을 즐거워했던 B는 정해진 요일이면 학교가 파하자마자 곧장 달려오곤 했다.

그녀는 총명하고 명랑했다. 우리 집에 오면 그간 있었던 일을 빼놓지 않고 이야기해주고, 아양을 부리며 예쁘게 굴었다. 말도 많은 데다 유난히 빨라 듣기 연습에도 최적이었다. 공부가 끝나면 우리는 함께 '반시태 채'라는 몽골식 만둣국을 해먹기도 하고 샌드위치를 만들어 먹기도 했다. 내가 무거운 것을 들거나 집안 수리가 필요할 때는 앞장서서 돕기도 했다. 두어 달 동안 우리는 사이좋은 자매처럼 지냈다.

그런데 어느 날 둘 사이에 금이 가고 말았다. 아래층에 야채 장사가 왔기에 B를 혼자 놔둔 채 몇 분간 내려갔다 왔는데, 그 사이 그녀가 서랍장을 열고 카메라를 훔친 것

이다. 그것도 모른 채 나는 야채를 부엌에다 들여놓고 그
녀를 데리고 열심히 성경을 읽었다. 그날 성경 읽기를 마치
자 그녀는 오늘이 마지막이며 다음 주부터는 올 수 없다고
했다. 아쉬웠지만 무슨 사정이 있나보다며 그러라고 했다.
그때 그녀의 태도는 이상하리만큼 다소곳하고 얌전해져
있었다.

그 후 나는 한동안 B를 만나지 못한 채 무심히 지내다
가, 어느 오후 카메라를 쓸 일이 생겨 화장대 서랍을 열었
다. 늘 거기 있던 카메라가 없었다. 단칸방 하나를 샅샅이
뒤져보았으나 어디에도 카메라는 없었다.

찬찬히 되짚어보니 B가 범인이라는 생각이 분명해졌다.
애먼 사람 의심하는 게 아닐까 하고 아무리 고쳐 생각해보
아도, 나 없을 때 그 방에 혼자 있은 적이 있는 사람은 한
국인 몽골인 합쳐서 그녀뿐이었다. 그렇다고 카메라를 밖
에 가지고 나간 일도 없고, 도둑이 든 일도 없었다. 그러고
보니 마지막이라며 다시 올 수 없다고 한 그날 그녀가 보여
준 행동들이 수상했다. 그날 그녀는 내가 야채를 사 갖고
들어가자 평소와는 달리 너무도 조용히 숨죽이고 있었다.
그러면서 내 화장대 위에 있는 조그만 물건들이 예쁘다고
말했다. 그때 나는 얼핏 책상에서 화장대 있는 자리까지
그녀가 서성였구나, 하며 뭔가 석연찮다는 생각을 했었다.
하지만 그냥 들어 넘겼다. 주변에서 크고 작은 도난 사건

에 대한 소문을 듣긴 했지만, 설마 매일 귀염을 떨어대는 그녀가 그랬으리라고는 차마 생각지 못했던 것이다.

나는 며칠간 고민했다. 난생 처음 겪는 일에 심한 배신감을 느꼈다. 카메라야 비싼 것이 아니므로 별 문제 아니지만, 매일 아양 떨며 찾아오던 아이가 그래놓으니 난감했다. 고민 끝에 나는 그 사실을 내가 알고 있다는 것을 그녀에게 알려야겠다고 생각했다. 그 후의 행동에 대한 선택은 그녀의 몫이다. 그래서 그녀를 집으로 불러 마주 앉았다.

"B야, 내 카메라가 없어졌다."

이렇게 입을 떼자마자 그녀는 말의 속사포를 쏘아대기 시작했다. 예기치 못한 반응에 당황스러웠다. 몽골어를 배운 지 겨우 반년 지났을 때이므로 나는 의사소통이 자유로울 리 없었다. 그녀는 그런 내 약점을 너무 잘 알고 있었다. "당신은 아주 나쁜 사람이군요."로 시작된 그녀의 공격은 내게 한 문장도 제대로 말할 틈을 주지 않았다. 내가 무슨 말인가 시작하려고 떠듬거리며 한 단어를 꺼내면, 그녀는 얼른 내 말을 가로채 끊임없이 말을 쏘아댔다. 그 말을 다 듣고 다시 내가 무슨 말을 할라치면, 다시 똑같은 과정을 반복했다. 그러면서 자기네 교회 목사님에게 일러바치겠다고 으름장까지 놓았다. 열아홉 살짜리의 능란함에 기가 질렸다.

잠시 후 나는 내 어리석음을 깨달았다. 이미 말을 유창

하게 못 하는 외국인이라는 약점을 간파당한 내가 그녀와 더불어 무슨 변론을 하겠는가. 마침내 나는 그녀에게 한 마디 건넸다.

"B야, 그 카메라 잘 사용해라, 응?"

그러자 그녀의 눈에 안도의 기운이 스쳤다. 그러더니 주 섬주섬 가방을 들고 나가버렸다. 나가면서도 그녀는 쉬지 않고 무슨 말인가를 해댔는데, 그 모습이 영악하기 짝 이 없었다. 부모가 다 의무적으로 밖에 나가 일해야 하는 공산주의 사회의 가정에서 이미 어릴 때부터 살림을 익히 고, 좁은 집안에서 어른들의 온갖 일상을 다 목격하면서 자라온 아이들의 영악함이 무서워지기까지 했다. 그곳 아 이들은 우리보다 유년을 상대적으로 빨리 잃고 일찌감치 어른이 되는 듯한 느낌을 그 후에도 여러 번 받았다.

나는 그 일로 혹시나 그녀가 교회를 떠날까 염려되었다. 오며가며 주의 깊게 살폈으나 그 때문에 교회를 떠날 만큼 약한 아이는 아니었다. 그 후로도 그녀는 각종 행사에 참 여하면서 친구들과 어울려 다녔다. 다행이었다.

그러고 나서 1, 2년의 시간이 흐른 어느 날 나는 신약성 경 빌레몬서를 읽게 되었다. 그런데 그날 세 주인공 바울과 빌레몬, 오네시모의 삼각관계가 유난히 감동적으로 다가왔 다. 당시 노예였던 오네시모는 주인 빌레몬의 집에서 달아 나면서 무엇인가를 훔쳐 가지고 나왔다. 그런 그가 로마 감옥에 갇혀 있는 바울을 만나 복음을 듣고 회심하여 새 사람이 된다. 바울은 그가 자기 곁에 머무르며 자신을 돕는 자가 되기를 원했다. 하지만 그것을 마음대로 결정하지 않고, 옛 주인 빌레몬의 허락을 받고자 했다. 그렇게 허락해줌으로써 주인 빌레몬이 자의로 선한 일을 하도록 하기 위해서였다. 바울은 빌레몬에게 오네시모를 가리켜 "이후로는 종이 아니라 종보다 뛰어난 사랑받는 형제로 둘 자"라고 표현했다. 그러므로 그가 도망치면서 가지고 나온 물품을 대신 갚아주고, 그 대신 빌레몬이 바울 자신에게 빚진 것을 받지 않겠다고 했다. 그럼으로써 달아난 노예에게 관용을 베풀어 하나님 안에서 기쁨이 되는 일을 하자고 권했다.

그날 바울의 이 편지가 내 가슴 깊이 부딪쳐 오면서 오랜만에 B를 생각했다. 왜 그날 그 일이 새삼스럽게 떠올랐는지 모른다. 아마 B와 그 일을 특별히 마음에 담아두지는 않았으나, 그냥 잊어버린 것이었지 그녀를 의식적으로 용서하고 축복해주는 일을 따로 하지는 않았기 때문인지도 모른다. 말하자면 그 일을 그냥 불미스러웠던 일 하나로 기억하는 것이 아니라, 죄성으로 말미암아 크고 작은 죄를 저지른 인간을 향해 내가 어떤 마음을 가져야 하는지 특별히 기억에 새기도록 하려는 주님의 뜻이 아니었을까.

그날 나는 1, 2년 전의 그 일을 떠올리며 새삼 그녀를 용서하고 축복하는 마음으로 가득 찼다. 그때 그녀의 마음

상태를 잘 알지는 못했으나, 굳이 내 기억 속에 그녀를 용서받을 수 없는 죄인처럼 기억할 필요가 더 이상 없었다. 그리스도 안에서 그녀도 나도 서로 얽매거나 얽매일 필요가 없는 자유로운 존재인 것이다.

예수 그리스도는 우리를 자유케 하기 위해 자신의 육신을 십자가에 못 박았다. 그럼으로써 우리의 자유를 박탈하려는 악의 세력을 눌렀다. 그러나 인간은 본래의 죄성으로 인해 악의 세력에 쉽게 동조한다. 그 결과 서로가 서로에게 상처 입히고, 서로가 서로를 용서 못 할 죄인으로 바라보며 얽어매곤 한다. 하지만 선교는 악의 세력에 얽매인 인간을 자유케 하는 일이다. 카메라 하나를 두고 B와 나 사이에 벌어진 그 사건은 그리스도 안에서 인간을 자유케 하기 위해 복음 안에 내포된 관용의 미덕이 어떻게 적용될 수 있는가를 보다 깊이 생각하게 해주었다. 지금 내 기억 속에서 B는 카메라를 훔친 범죄인으로서가 아니라, 모든 약점과 죄의 본성을 지녔음에도 불구하고 그리스도 안에서 자유롭게 되고, 그로 인해 즐거워하는 한 어린 영혼으로 남아 있다.

두 권의 책

한두 마디씩 몽골어를 알아듣기 시작할 무렵, 외부인인 내 귀에 도드라지게 들려오는 문장들이 있었다. '몰라', '없어', '내 잘못 아니야', '내일', '내 담당(책임) 아니야'라는 다섯 문장이었다.

비자나 학사 문제 때문에 학교나 관공서를 방문하면, 아주 작은 일이라도 그 자리에서 성사되는 일이 거의 없었다. 담당자가 자리에 없어서 옆의 직원에게 담당자가 어디 갔느냐고 물으면, 대뜸 "몰라요, 내 담당 아닙니다."라는 대답이 들려온다. 담당자를 만나 용건을 얘기하면 첫 마디는 대개 "내일 오시오."이다. 처음엔 무슨 일이 정말 있어서 그런 줄 알고 그 다음 날 다시 갔다. 그러나 그것은 별다른 이유 없이 내뱉는 입버릇에 가깝다는 사실을 후에 알게 되었다. 누군가는 외국인을 그렇게 까다롭게 대함으로써 뇌물을 받아내려는 속셈이라고도 했다. 하지만 내국인에게도 그렇게 하기는 마찬가지였다. 무슨 이유로 내일 와야 하느냐고 따져 물으면, 그때서야 어쩔 수 없다는 듯 일을 처리

해줄 기미를 보인다. 일이 잘못되어 바로잡고자 조금이라도 말을 꺼내면, 곧장 "내 잘못 아닙니다."라고 방어벽을 친다. 이런 습관들 때문에 뭐 하나 되는 일이 없는 듯한 낭패감으로 늘 괴로웠다. 그래서 그곳에 사는 한국인들 사이에서는 '몽골에서는 되는 일도 없고, 안 되는 일도 없다'라는 말이 유행어처럼 떠돌았다. 담당자의 기분에 따라 될 수도 있고 안 될 수도 있기 때문이었다.

집의 시설물도 사흘이 멀다 하고 고장 나서 수리공을 부르거나 속수무책으로 견뎌야 했다. 1년에 한 번씩 맞이하는 비자 갱신일이 가까워지면 초조해서 견딜 수가 없었다. 전화를 놓으러 담당기관을 찾아갔다가 누구를 만나 무엇을 해야 하는지 알지 못한 채, 그들이 가라는 대로 이리저리 뺑뺑이만 돌다 오기도 했다. 약속 시간에 한두 시간씩 늦거나 연락도 없이 바람맞는 일은 새삼 말할 만한 일도 아니다. 함께 만나 중요한 일을 하기로 약속해놓고도 며칠씩 연락이 두절된 채 오지 않는다. 발을 동동 구르다 포기하고 기진해 있으면, 며칠 만에 불쑥 나타나 시골에 다녀왔다고 태연히 말한다. 돌아오는 차가 없어 며칠 머물러야 했다거나 전화가 없어 연락을 못 했다고 하면 그만이다. 약속 불이행을 합리화시켜주지 못하는 변명은 아무것도 없었다.

그런 습관들은 국민들 거의 모두가 일자리가 있지만, 개인의 노력에 대해 정당하고 구별된 대우를 받지 못하는 공산주의 사회의 특색으로밖에는 보이지 않았다. 마땅한 대우를 못 받거나 잘하든 못 하든 똑같이 대우받는 사회 속에서, 소수의 상관들 빼고는 많은 사람들이 업무 자체를 귀찮아하는 것처럼 보였다(물론 성실하기 그지없는 사람들도 나는 많이 만났다). 그런 모습들을 보면서 '아하, 이게 바로 공산주의로구나.' 하는 생각을 수도 없이 했다. 이미 공산주의 체제가 막을 내리고 자유 시장경제로 돌아선 지 시간이 꽤 흘렀으나, 그것은 외형적인 전환일 뿐 여전히 옛 질서가 그대로 남아 있는 것이다. 논리적으로는 이해해주고 싶지만, 하루하루 그런 일들을 연속적으로 겪으면서 분노감이 자꾸 쌓여갔다. 되는 일 하나 없는 듯한 나날 속에서 차츰 진이 빠졌다. 빨리 정 붙이고 정착하고 싶은데, 오히려 마음이 멀어져만 갔다.

그러던 어느 날 나는 이웃집에 놀러갔다가 우연찮게 한 권의 책을 만나게 되었다. 그것은 오래 전 '뿌리 깊은 나무'라는 출판사에서 발간한 『언더우드 부인의 조선 생활: 상투잽이와 보낸 15년 세월』이라는 책이었다(절판되었던 이 책은 1999년 『상투의 나라』라는 제목으로 집문당에서 다시 출간되었다). 만 37세의 미혼 의료 선교사 릴리아스 호턴이 시카고를 떠나 1888년 조선에 도착한 후, 그보다 4년 전에 조선에 온 8세 연하의 언더우드 선교사를 만나 결혼하고 선교했던 15년간의 삶과 사역에 대한 회고록이었다.

그녀와 언더우드는 1889년 이른 봄 결혼식을 올린 뒤, 신혼여행으로 조선의 북쪽 지방으로 전도여행을 떠난다. 도중에 강도를 만나 고비를 넘기기도 했지만 무사히 돌아온다. 조선에 온 지 얼마 안 되어 릴리아스는 명성황후로부터 입궐 명령을 받고 황후의 주치의가 되는데, 그때부터 그녀는 황후와 각별한 우정을 나눈다. 그녀는 명성황후를 매우 지혜롭고 너그러우며 기품 있는 우아한 여인으로 묘사한다. 황후의 특별한 보살핌과 관심 속에서 의료선교를 하던 그녀는 마침내 황후에게 복음 전할 기회를 얻는다. 명성황후가 예수 그리스도를 믿게 되었는지 아닌지는 확실히 알 수 없다. 하지만 크리스마스에 황후는 돗자리, 옷감, 두루마기, 계란, 꿩, 생선, 호두, 대추 등의 귀한 선물들을 파란 벨벳으로 덮은 가마에 실어 그녀에게 보내기도 한다.

그녀가 그리는 당시 조선의 생활상은 당연한 말이지만 몹시 피폐했다. 신혼여행 때 동네 사람들은 외국인 여자를 보려는 호기심 때문에, 창호지에 구멍을 뚫고 방안을 훔쳐보기도 했다. 또 여행 도중 법망을 피해 다니는 산적 떼를 만나 죽음의 순간에 처하기도 했다. 하수도 시설이 없어 지저분한 하수물이 사방으로 흘러 다니는 거리, 선교사 헤론이 악성 질병으로 죽었으나 시체를 매장할 장소가 없어 어려움을 겪다가, 우여곡절 끝에 정부로부터 지금의 마포구

합정동에 있는 양화진 외국인 묘지를 받게 된 일 등을 그녀는 자세히 기록하고 있다.

그 당시 선교사들은 대원군과 명성황후가 정권다툼을 벌이던 불안한 조선의 정세에도 본의 아니게 개입해야 했다. 갑신정변 때 우정국郵政局 개원 기념 만찬 직전에 개화파가 민영익을 살해하려는 시도가 있었는데, 그때 의사 선교사 알렌은 상해 당한 그를 응급 치료해주었다. 또 명성황후가 살해된 을미사변 후 7주 동안 미국인들은 매일 밤 궁중에 남아 있어줄 것을 부탁받는다. 그때 선교사들은 밤마다 두 명씩 궁중에서 망을 보아야 했다. 그 덕택에 왕과 세자가 습격으로부터 어느 정도 보호될 수 있었다. 언더우드를 비롯한 선교사들이 그렇게 궁중에서 망을 보는 동안 그 아내들은 집에서 혼자 불안에 떨었다.

나는 이 책을 읽으면서, 내 엄살이 너무 크다는 생각이 들었다. 몽골은 적어도 하수도 시설은 잘되어 있다. 산적 떼를 만날 일도 없다. 문을 잠그고 있으면 호기심으로 방을 들여다보는 일을 당하지도 않는다. 정치적 소용돌이에 직접 맞서 총을 겨눌 일도 없다. 여러 가지 면에서 나는 비교도 할 수 없는 훨씬 좋은 환경 속에 있었다. 돌아보니 나는 언더우드 같은 선교사들의 희생에 크게 빚진 사람이었다.

당시 나를 사로잡은 또 한 권의 책은 정연희 씨의 장편소

설 『양화진』이었다. 이 책은 한국에 입국한 최초의 선교사 알렌 때부터의 이야기를 소재로 하고 있다. 특히 50대의 스크랜튼 여사가 아들 내외와 함께 조선에 와서 전혀 인간 취급 못 받는, 미래가 없는 암울한 조선 여성들을 위해 이화학당을 세우고, 무지와 억압으로부터 그들을 끌어내는 과정이 자세히 묘사되어 있다. 그 이야기는 여자인 내게 가슴 벅찬 감동을 주었다. 특히 앎에 대한 갈망이 강한 나는 스크랜튼 여사에게 얼마나 큰 빚을 졌는가. 철저한 자료를 근거로 한국 초기 선교사들의 행적을 추적하고, 그들이 우리나라에서 순교해가는 희생의 역사를 그린 이 소설은 아름답고 슬픈 여운을 남기며 나를 매료시켰다. 특히 마지막 부분, 부모를 따라와 생을 제대로 펼쳐보지도 못하고 죽어간 선교사 자녀들의 이야기는 깊은 슬픔으로 내 가슴을 파고들었다.

얼마 후 나는 몽골에 온 지 얼마 되지 않는, 나처럼 문화 충격으로 인해 힘들어 하는 어느 부인 선교사에게 이 책을 빌려주었다. 불평불만에 가득 차 있던 그녀는 마지막 책장을 덮으며 그대로 엎드려 엉엉 울며 회개했다고 한다.

나는 이 두 권의 책을 읽고 보다 겸허해지지 않을 수 없었다. 개인적으로만 봐도 스크랜튼 부인의 헌신이 없었다면, 그래서 조선시대 여자들처럼 배움의 길이 차단된 채 살아야 했다면, 내 삶은 지금 얼마나 피폐할 것인가. 어쩌면 지금의 이슬람 여자들처럼 인권이 마구 짓밟히는 노예 같은 삶을 살아야 했을지도 모른다. 1980년대까지만 해도 많은 서양 사람들이 한국이라는 나라가 어디에 있는지도 몰랐다. 그런데 그보다 100여 년 전, 미국 선교 본부에서도 조선이라는 나라가 존재한다는 사실조차 모르던 때, 그래서 중국으로 가지 왜 그 작은 조선으로 가느냐고 말렸다는 이 나라에, 오직 하나님의 부르심 하나만 붙들고 이역만리 찾아와 자신을 희생한 선교사들. 나와 한국 교회 그리고 이 나라는 그들의 헌신에 크게 빚졌다.

70년이 넘도록 공산주의 이념 아래 살아온 몽골인들. 관용이나 사랑보다는 경직된 체제 속에서 자유로운 의사표현과 창의력을 억압당한 사람들. 엄격하고 비판적인 통제의 눈길에 의해 책임을 추궁당하고, 걸핏하면 자아비판을 해야 했던 사람들. 그래서 가능한 한 책임 추궁으로부터 벗어나기 위해 모른다고 하거나 내 잘못 아니야, 내 책임 아니야, 해가며 빠져나갈 구멍부터 확보하는 사람들. 그것이 외부자인 내 눈에는 나태하고 무책임하거나 기막힌 현실도피의 모습으로 보였던 것이다. 그래서 보다 조직적이고 개인의 책임과 자유가 중시되는 자본주의 사회에서 살다 간 사람으로서 그것을 못 견뎌했던 것이다.

나의 빚이 얼마나 큰지. 100여 년 전의 조선에 비하면 현재의 몽골은 얼마나 편한지. 더 할 말이 없었다. 그때부터 나는 그 어려움들을 견디기로 작정했다. 이후로도 물론 쉽진 않았으나, 그것을 대하는 나의 태도에 변화가 온 것은 분명했던 것 같다.

선교지에서 맞은 외환위기

　6개월 정도의 생활비를 지니고 몽골에 입국한 후 6개월 쯤 지났을 때, 한국에서 심상치 않은 일이 벌어지고 있다는 소식이 들려왔다. IMF라고 했다. 소식을 듣자마자 나는 지난 해 영국에 머물 때의 일들이 떠올랐다.

　툭하면 하굣길에 바닷가로 바람을 쐬러 나가곤 하던 어느 날, 피어의 벤치에서 바닷바람을 맞으며 앉아 있었다. 그런데 불현듯 토끼 허리께에 비스듬히 사선으로 금 그어져 있는 한국 지도가 환상처럼 바다 한가운데 그려졌다. 실제로 환상을 본 것은 아니었으나, 허공에 그 모습이 자꾸 떠올랐다 사라지고 떠올랐다 사라지는 듯했다. 그만큼 내가 국제사회에서는 작은 나라에 불과한 한국에 대한 연민으로 차 있었던 것일까. 불과 몇 초 동안의 인상印象이지만 마음에 무척 강렬한 자국을 남겼다.

　보잘것없는 영어 실력 때문에 한계가 있긴 했으나, 각국 학생들이 모인 수업시간이면 곧잘 민족주의적인 논쟁들이 벌어졌다. 어쩌다 각국의 문화나 경제 상황 등에 관한 토론이 벌어져 자칫 상대의 감정을 조금이라도 건드리면, 거침없는 공격의 화살을 쏘아대기 예사였다. 민족주의가 얼마나 무서운 감정충돌을 일으키며 궁극적으로 힘의 대결을 불러일으키는지 피곤하도록 듣고 보았다. 그것을 경험하며 나는 비로소 한국이 힘의 대결에서 얼마나 약한 나라인지 어렴풋이나마 짐작하게 되었다. 비록 경제 성장으로 개개인은 풍요를 누리지만, 힘의 논리가 거칠게 지배하는 세계무대 속에서 한국은 너무나 작은 나라였던 것이다. 그때 나는 강대국들이 하고자 하면, 약소국은 국운이 기우뚱 기우는 어려운 일을 언제 어떤 형태로든지 당할 수 있다고 생각되었다. 어쩌면 멀지 않은 장래에 그런 일이 생길지도 모른다는 불안감이 엄습했다. 얼마 후 나를 방문한 후배에게 그런 얘기를 털어놓았더니, 경제학을 공부한 그가 대꾸했다.

"옛날처럼 영토 확장을 위해 무력으로 침략하지는 않더라도, 경제적인 측면이나 다른 형태로 얼마든지 그런 일이 일어날 수 있지요."

그때 그 말을 하는 후배와 나 사이에 자못 심각하고 불안한 분위기가 감돌았었다. 그리고 일년 여 후 몽골에서 외환위기 소식을 전해들은 것이다.

나는 커다란 불안에 휩싸였다. 하늘이 무너지는 듯하다는 표현을 그럴 때 써도 될까. 외화에 의존할 수밖에 없는 게 선교사의 형편인데, 어떻게 해야 하나. 파송받기 위해 수없이 밟아야 했던 크고 작은 노력과 절차들. 그렇게 기도에 기도를 거듭하며 준비해 나왔는데, 몇 달 못 가 외환위기라니. 도로 한국으로 돌아가야 하는 것은 아닌가. 그렇다면 겨우 수개월 살고 돌아가기 위해 그 고생을 했단 말인가. 만일 돌아가야 한다면 지금까지 헛꿈을 꾸어왔단 말인가. 오만 가지 생각이 다 스치면서 말할 수 없는 혼돈 상태에 빠져들었다.

그 결과는 당장 일상생활에서 드러났다. 시장이 멀어 한꺼번에 장을 많이 봐서 택시로 실어 와야 하는데, 한화로 오륙백 원 정도 하는 택시비를 선뜻 내기가 망설여졌다. 버스비 100투그릭(당시 한화로 약 110원)도 달러를 바꿔야만 쓸 수 있는 것이므로, 버스 한 번 타는 데도 신경이 곤두섰다. 돈 자체가 없었다기보다는, 심리적으로 위축되었던 것이다. 흙바람이 심하게 불던 겨울 날 몇 백 투그릭의 택시비를 아끼기 위해 굳이 트랄리야부스(소형 전차)를 탔다가, 버스 지붕에 연결된 고압선에 불이 붙는 바람에 기겁하며 대피해야 했다. 하루하루 달러를 바꿔 쓰면서 마음이 자꾸만 졸아들었다. 한국에서 또 어떤 소식이 들려올지, 선교부에서 어떤 지시가 내려질지 착잡하게 기다리던 나날이었다.

그렇게 보내던 어느 아침, 난관에 빠졌을 때 마음을 수습하는 데 독서만큼 효과적인 방법이 없다고 생각하며 나

는 서가 앞에 섰다. 이 책 저 책 빼보다가 시집 한 권을 손
에 들었다. 평소 즐겨 읽던 김명인의 시집이었다.

    …얼음에 포박당해 긴 겨울로 살았다 해도
    흐를 것은 흘러왔고 거둘 것은 거두었으니
    이게 우리 세대의 굳은 믿음 아니겠느냐…

'사리원 길'이라는 시를 읽던 중 이 구절이 마음에 꽂혔
다. 일제 강점기와 6.25, 전후의 혼란과 계속된 독재정치,
보릿고개를 넘어온 선배들. 이런 저런 형태로 당한 억압과
고난 속에서 긴 겨울을 보내야 했던 게 우리 역사다. 그러
나 시인은 그런 중에도 흐를 것은 흘러왔고 거둘 것은 거
두었다고 말한다. 그것이 그가 난세를 살아내면서 얻은 신
념이요 믿음이라고 말한다.
    이 구절에 맞닥뜨리자 답답한 가슴에 갑자기 물꼬가 트
이는 듯했다. 그렇지, 시대가 어렵다고 흐를 것이 못 흐르
고 거둘 것을 못 거둔 일이 있었던가. 물론 시대마다 특유
의 난점들이 있어왔고, 그 때문에 많은 사람들이 절망하고
죽어갔다. 하지만 그런 고난을 통해서 또 얼마나 많은 사
람들이 정신적, 내면적인 강건함과 삶의 진실을 배웠던가.
이 한 구절은 그날 내게 체증이 내려가는 듯한 해방감을
안겨주었다. 인생의 한 선배가 삶을 통해 그렇게 배웠다면

나도 그런 신념을 지녀 마땅하다고 생각되었다.

그렇게 마음이 가벼워지자 나는 비로소 선교지에 나오자마자 외환위기를 겪게 된 데 대한 하나님의 뜻을 묻기 시작했다. 기도 가운데 내게 들려오는 대답은 이 어려움 속에서 '선교와 하나님의 뜻에 더욱 집중하라'는 것이었다. 중요한 것은 위기를 감내하는 자세와 믿음이라는 것이었다. 그로부터 며칠 후 한국 선교부 지도자의 편지가 도착했다. 그 편지는 외환위기를 걱정하면서도, 그로 인해 선교가 흔들릴 수 없는 것은 선교의 근거가 돈이 아니라 예수 그리스도에게 있기 때문이라는 내용이었다. 하나님은 그분과 내게 동일한 응답을 주신 것이다.

이어서 나는 내가 하려는 그 일을 할 수 있는 힘이 돈에 있는 것으로 착각했던 내 과오를 발견했다. 그 돈만 있으면 내가 하고자 하는 기독교 출판 일을 얼마든지 해낼 수 있다는 세속적인 생각이 똬리 틀고 있었던 것이다. 나는 나 자신의 무지와 '쉬운 생각'을 회개하고 수정했다. 그로써 외환위기로부터 보다 자유로워질 수 있었다. 그리고 오래 지나지 않아 거대한 빙산처럼 보이던 위기는 많은 이들의 노력과 수고로 흐르는 물처럼 지나갔다. 흐를 것은 흐르고, 거둘 것은 거둔 것이다.

이 일은 국가적으로 여러 사람이 어려움을 겪고 생을 포기하게 만들기도 한 불행한 사건이었다. 그러나 한편 선교

사인 내게 선교의 근거가 어디에 있는가, 나아가 우리 삶의
근거가 어디에 있는가를 다시 한 번 정직하게 바라보도록
해주었다. 너무도 별다른 회의 없이, 너무도 당연하게 생의
근거를 물질과 소유에 두고 살아가는 우리 삶의 거품과 허
상. 그것 때문에 더 깊은 슬픔을 느끼게 한 것이 바로 외환
위기 아니었을까.

아버지와 아들

러시아식 아파트 1층에 있는 내 집 거실에서 창밖을 내다보면, 아파트 울타리 너머로 야트막한 언덕이 보였다. 사람들의 왕래가 잦은 그 언덕에는 지진 관측소가 있었다. 매일 아침 간단한 식사 후 나는 식탁에서 오래도록 시간을 보냈다. 사람들이 모두 일터로 나간 한적한 거리를 흘끗흘끗 내다보며 성경 묵상에 빠져들던 시간들. 고산 지대 건조기후라서 대체로 맑은 데다, 한산하기 그지없는 풍경이 참으로 고즈넉했다. 거리만큼이나 내 영혼은 평화로워져서, "도대체 이 평화가 어디서 오는 겁니까?" 하고 주님께 묻곤 했다. 오래오래 나는 식탁을 떠나지 못했다.

그런 아침이면 가끔 보이는 아버지와 아들. 모 대학 교수이자 문학 평론가인 B와 대여섯 살 난 그의 판박이 아들이 손을 잡고 천천히 언덕을 지나갔다. 그 광경을 보고 있으면 입가에 저절로 미소가 번졌다.

B 교수를 알게 된 건 그의 아내이자 내 언어교사인 T의 소개를 통해서였다. B는 문학 연구를 하러 온 한국인들 사

이에서 '배우면 뭔가 남는 사람'이라는 평을 들었다. 무책임하거나 권위적인 많은 교수들 중에서 외국인으로부터 그렇게 호평 듣는 이는 드물었다. 1년간의 언어 과정을 끝내고 몽골 문학을 공부하고자 하는 내게 T는 자기 남편을 소개해주었다. 1년 동안 그에게서 몽골 시를 배우며 많은 것을 얻긴 했으나, 그의 아내 T만큼 가르치는 데 소질이 있는 것 같지는 않았다.

하지만 인상에 깊이 남은 건 곧고 따뜻한 그의 인격이었다. 그는 매우 긍정적이고 진취적이어서 학교에서도 무슨 안건이 나오면, 웬만하면 긍정적인 방향으로 추진해서 일을 순조롭게 이끌곤 한다고 누가 귀띔해주었다. 실제로 그는 권위적이지 않은 데다 어떤 상황에서도 바르게 행하려 애썼고, 가능한 한 문제를 지혜롭게 해결하려 노력했다. 그래서인지 그는 젊은 나이인데도 부학장의 지위에 올라 있었다.

그런 그가 자기를 빼닮은 왕눈이 아들과 함께 곧잘 언덕길을 지나갔다. 학교는 그 언덕길이 끝나는 곳에 있었다. 방학이 되어도 늘 연구실에 나가는 그가 그렇게 아들을 데리고 걸어가는 모습을 보면, 너무도 정답고 평화로워 보여 한참을 서서 바라보곤 했다.

몽골에 도착한 후 아직 문화충격에 휩싸이기 전인 약 3개월(그 시기를 나는 밀월이라고 부른다) 동안엔 만나는 모든 사람과 사물에 호의를 품었다. 그러나 밀월이 끝나고 몽골어를 알

이곳 1층에 내 집이 있었다. 창밖을 내다보면 지진 관측소가 보인다.

아듣기 시작할 무렵부터는 너무 힘들어졌다. 문화충격이 그
야말로 장난이 아니었다. 지금이야 차분히 글로 옮겨 쓸 수
있지만, 당시 특별한 상황에 맞닥뜨릴 때마다 얼마나 다급
하고 발을 동동 굴러야 하는 순간이 많았던가. 그럴 때마다
나는 모든 게 과거의 공산주의 때문이라고 여겨지곤 했었
다. 어느 겨울 100여 명의 교회 청년들과 함께 간 겨울 수련
회 조별모임에서는 사소한 일로 한 여학생이 자아비판 하
는 것을 본 적 있다. 아무도 요구하지 않았는데, 그녀는 장
황하게 자신의 잘못을 열거하고 있었다. 말은 들었지만, 그
렇게 갑자기 여러 사람 앞에서 모든 게 자기 잘못이라고 눈
물 뚝뚝 흘리며 자신을 오래 비판하던 모습. 그럴 때는 공

산주의의 냄새가 뚜렷이 감지되곤 했다. 그래서인지 나는 1, 2년 동안은 몽골인 누구를 만나고 어디를 가든지, 내가 선 곳이 공산주의 사회라는 색안경을 끼고 보았던 것 같다.

그런데 3년쯤 후, 언어 이해와 구사력이 늘고 사람들도 더 많이 사귀게 되자 비로소 이면이 보이기 시작했다. 그것은 몽골 시를 연구하면서 더 분명해졌다. 특히 매우 따스한 시심詩心을 지닌 시인 바다르츠의 시를 석사 과정에서 연구하는 동안, 그의 작품 속에서 만난 몽골인들과 자연, 관습, 역사, 문화 등이 색안경을 벗겨주었다.

그의 시들 속에는 말과 낙타 같은 가축을 떠나서는 이해할 수 없는 유목민의 삶이 절절히 묘사되어 있다. 착한 사람이 되라고 아들에게 책 읽어주는 아버지, 자나 깨나 시골에서 고생하는 어머니에 대한 안쓰러움과 그리움, 출가를 앞둔 딸에 대한 아버지의 염려, 광대한 자연에 대한 자랑스러움, 칭기스칸에 대한 자부심과 동경, 쇠락한 국운에 대한 비탄 등이 깊게 배어 있다. 물론 그 시들 중에는 공산주의 찬양시도 섞여 있는데, 그것은 공산주의 삶의 양식이 그 시인 삶의 일부이기에 어쩔 수 없었던 데다, 공산 치하의 검열을 통과하기 위해 쓰지 않으면 안 되었던 시들이기도 하다. 그러면서도 공산 체제 하에서는 금지되어 있던 사상들, 특히 칭기스칸에 대한 찬양을 은유적으로 곳곳에 숨겨놓은 시적 장치들 또한 발견된다.

나는 외국인의 시각으로 이 시편들을 연구하면서, 공산주의 찬양시는 공산주의 사회에 대한 우리의 표피적인 이해와 일치하는 것이요, 그것을 제외한 다른 서정시들은 우리에게 덧씌워진 색안경으로 인해 전혀 상상 못 했던 따스한 인간애로 충만하다는 것을 발견했다. 이 시들을 통해 나는 한 사회에 대한 편파적인 이해를 벗어나 보다 입체적인 이해를 하게 된 듯하다. 그곳을 떠나오기 전에 그런 시각의 변화를 경험하게 되어 다행스럽다.

이렇게 시각의 변화를 얻은 후였기에, 그 언덕을 넘어가던 아버지와 아들의 모습이 그렇게도 정겨워 보였는지 모른다. 과거에 나는 인생의 상당 기간을 반공 이데올로기라는 빨간 색안경을 끼고 살아야 했다. 그래서 공산주의 사회에는 어머니도 아버지도, 아들도 딸도 없는 줄 알았었다. 사랑과 풍유는 아예 존재하지 않고, 낭만도 멋도 없는 줄 알았었다. 역사에 대한 슬픔으로 그렇게 괴로워하리라고는 더더욱 생각지 못했다. 그러나 그것은 또 다른 사회체제 속에서 내게 강요된 맹목 때문이었다. 그 맹목을 버리고 바라보던 창밖 풍경. 아버지와 아들이 길게, 길게 언덕을 넘어가던 그 아름다운 정경이 눈에 선하다.

식탁 위의 졸업식

T는 내가 가장 좋아하는 언어교사였다. 가르치는 재능이 탁월한 그녀에게서 6개월 이상 몽골어를 배웠다. 머리 회전이 빠르고 창의적인 그녀. 빼어난 교수 능력과 더불어 시원시원하고 말이 빠른, 다소 다혈질적인 그녀가 마음에 들었다. 그녀 말고도 여러 명의 교사들과 몽골어를 공부했지만, 그녀만큼 오래 함께하기는 어려웠다. 주어진 교재를 절대 벗어날 줄 모르는 데다 진도가 끝나면 책이 없다며 빈손으로 와서 멀뚱멀뚱 쳐다만 보는 교사들 때문에 속이 상하곤 했었다. 그럴 무렵, 새로 소개받은 T는 나의 학습 의욕을 무진장 불러일으켜 주었다.

첫 날 혹시나 그녀도 그럴까 싶어, 그동안 빈손으로 와서 가만히 앉았다 가는 교사들 때문에 무척 애먹었다고 호소했다. 그러자 그녀는 아무 걱정 말라며 나를 안심시켰다. 그것이 말로만의 자신감이 아니라는 것이 얼마 지나지 않아 드러났다.

그녀는 모국어인 몽골어를 가르치는 데 무척이나 자신

있어 했다. 신문기사 한 토막을 오려 갖고 와서도 능숙하게 수업을 진행했다. 일상에서 자주 사용하는 세련된 단어와 표현들을 그녀가 풍부히 가르쳐주면, 나는 큼지막한 공책에 그 단어의 용법과 예문을 빠른 손놀림으로 빽빽하게 받아 적는다. 그리고는 그 단어와 표현법을 바르게 이해했는지 진단하기 위해 나 스스로 문장을 만들어 그녀에게 말을 해보이면, 그녀는 일일이 정오를 따져가며 고쳐주었다. 그녀와의 수업은 너무 재미있었다. 그녀도 나와의 수업을 흥미로워하는 것 같았다.

T는 사회주의 시절 수재들만 뽑아 보내는 명문대를 졸업했다. 내가 훗날 몽골 시를 배운 적이 있는 그녀의 남편 B와 그녀는 동기동창이었다. 그녀는 가끔 수줍어하며 남편과의 연애 사건에 대해 얘기하곤 했다. 대학 2학년 때 연인 사이가 되어 얼결에 아이를 가졌다. 아이가 생길 거라는 생각을 전혀 못 한 채 그저 좋은 느낌에 빠져 연애하다가, 덜컥 임신한 후에야 겁이 났단다. 결국 두 사람은 기숙사에 함께 살게 되었고, 순리대로 아이를 낳은 게 결혼이었다. 아이를 데리고 수업에 들어가면 동기생들이 돌아가며 봐주고, 다른 사람들이 시험을 끝내면 나중에 아이를 맡기고 혼자 시험을 치렀다는 그녀. 그 이야기를 하고 듣는 동안 우리는 박장대소를 하곤 했다.

가끔 그녀는 수업 중에 다른 한국인으로부터 들은 말의

진실 여부를 내게 확인하기도 했다. 즉 한국 남자들은 정말 우유를 잘 안 마시느냐, 부엌에서 언제부터 가위를 썼느냐, 한국인은 항상 마늘을 한꺼번에 그렇게 많이 까서 저장해두고 먹느냐, 교회의 목사가 계급이냐 등의 내용들이었다. 그녀가 던지는 질문들의 밑바닥에는, 그녀에게서 몽골어를 배우는 어느 부인과의 사이에 양국의 문화를 두고 은밀하게 펼치는 신경전이 깔려 있었다. 나는 그녀의 질문에 대해 그런 건 그렇다고, 아닌 건 아니라고 무슨 심판관처럼 대답해주었다. 두 사람 간에 벌어지는 신경전의 내막을 살짝 들여다보는 일이 은근히 재미있었다.

그녀와 공부하는 동안 나는 성급히 복음을 전하려 들지 않았다. 지식인인 그녀는 나 말고도 이미 여러 사람으로부터 복음을 들었다. 간간이 비쳐 나오는 그녀의 태도에서 그녀가 기독교에 대해 호기심 반 거부감 반 섞인 감정을 지니고 있음을 느낄 수 있었다. 어느 날 그녀는 갑자기 천국이 정말 있다고 생각하느냐고 물었다. 나는 오래전에 나 자신이 천국의 존재에 대해 고민할 때의 이야기를 들려주었다. 즉 내가 혼자 깊고 높은 산에 올랐다가 바위에서 미끄러져 죽었다고 하자. 누군가 발견하기까지 아무도 내 죽음을 모른다. 그런데 성경에는 창조주 하나님이 우리 머리털까지 세신다는 말씀이 나온다. 그러므로 내 머리털 개수를 아시는 하나님이 나의 죽음도 아시지 않겠는가. 그러면 반드시 내 죽음에 관해 어떤 일을 하나님이 하실 텐데, 그것이 천국과 관련된 일이라고 생각된다……. 그 외에 다른 예도 들려주었는데, 그녀는 진지한 표정으로 이 이야기가 가슴에 와 닿는다고 했다. 그 후 나의 번역 작업을 도와주면서 그녀는 그 책에 쓰인 내용으로 보아 기독교가 일상생활과 깊이 연관된 종교라는 데 놀랐다고 했다. 기독교에 대한 그녀의 인식이 서서히 변화하고 있는 느낌이었다.

어쨌든 우리는 이렇게 6개월이 넘는 기간 동안 월요일부터 금요일까지 매일 아침 10시에 만나, 하루 두 시간씩 공부하며 교제했다. 침실이자 작업실이며 거실인 10평 남짓

거리의 서점들. 리어카에 책을 쌓아놓고 팔던 거리 서점들을
어느 해인가 이렇게 말끔하게 단장했다.

한 내 원룸, 그 한 쪽 벽에 붙여놓은 식탁이 우리의 교실이었다.

마침내 마지막 날이 왔다. 석사 과정으로의 진학을 위해 국립대로 옮겨야 했다. 그녀와의 이별이 서운했지만, 서로 가까운 거리에 살고 있으니 오다가다 만나겠지 하며 평소와 다름없이 수업을 했다. 열띠고 반짝이는 그녀와의 시간을 아껴가면서.

그런데! 수업이 끝나자 그녀는 가방에서 무언가를 주섬주섬 꺼냈다. 몽골인들이 귀하게 취급하는 공작새 깃털과 하닥그라고 부르는, 전통적으로 일종의 제의적 의미를 담아 귀한 예식 때 사용하는 파란색 인조비단이었다. T는 벌떡 일어서서 공작 깃털을 하닥그 위에 올려놓고 두 손으로 받쳐 들더니, 엄숙한 표정으로 내게 일어서라고 했다. 내가 일어서자 그녀는 정중하게 그것을 증정하며 말했다.

"취 히제 치 마르타그다쉬구이 어요탕. 생 소라래."

(너는 언제까지 결코 잊을 수 없는 학생이야. 앞으로도 공부 잘해라.)

순간 깜짝 놀랐다. 정중히 그것을 받으며 나는 "바이를라(감사합니다)."라고 대답했다. 그 짧은, 그러나 엄숙하고 진지하게 치러진 식탁 위의 졸업식이 너무 감동적이었다. 가정방문 교사가 그렇게 예식을 갖추어 졸업식을 한다는 건 흔한 일이 아닐 것이다.

그 후로 나는 그녀를 한동안 못 만났다. 약 2년 후 그녀의 남편인 B 교수로부터 몽골 시를 배우다가, 그의 주선으로 그녀에게서 몽골 옛 문자인 '호칭 비칙그'를 배운 일이 있다. 그러나 그 기간은 얼마 되지 않았고, 오래지 않아 나는 몽골을 떠나왔다. 그녀와 함께 공부하던 그 기쁘고 열정적인 시간들. 지금까지 나는 그녀와 연락이 끊겨버린 일이 못내 서운하고 안타깝다. 내 작은 식탁에서 서로 최대의 예를 갖추어 치렀던 졸업식. 그 순간은 내 생의 가장 기억할 만한 순간들 중의 하나로 남아 있다.

W 목사

어느 초가을 저녁, 동료에게서 전화가 왔다. 문서번역 사업을 위해 온 한국인이 있는데 만나보지 않겠느냐고 했다. 누군가 귀한 뜻을 품고 왔나보다며 선뜻 그러자고 했다. 읽을 만한 책이 너무 부족한 그곳 사람들을 위해 반가운 소식이었다.

약속 시간이 되자 백발 신사가 택시에서 내렸다. 잠시 후 그와 나는 자기소개로 대화를 시작했다. 그는 몽골에 온 지 2, 3 주 되었는데, 아는 한국인이 없어 몽골인 가정에 잠시 하숙하며 지낸다고 했다. 몽골어를 한 글자도 몰라 한국어과 학생에게서 배우기 시작했으며, 3개월 후엔 한국으로 돌아갈 예정이란다. 그의 소개를 듣고 나는 노인네가 아는 사람 하나 없는 이국땅에 와서, 몽골인 집에 머물며 혼자 여기저기 찾아다니는 것이 참 용감하다고 생각했다. 나는 그 대단한 열정이 놀랍다며 그에게 몇 마디 찬사를 보냈다. 그러자 그는 내게 명함 한 장을 건넸다. 거기엔 다른 정보는 전혀 없이 'W 목사'라고만 새겨져 있었다.

나의 찬사를 듣자 그는 자신이 살아온 이야기를 풀어놓기 시작했다. 애기의 핵심은 군대 생활을 하던 젊은 시절 하나님을 만난 후, 예배드리기를 지키기 위해 영창까지 다녀온 일 등 자못 진지한 사연들이었다. 왜 그런 이야기를 하는지 영문도 모른 채 나는 최대한 예의를 갖추고 진지하게 그의 말을 들어주려 노력했다. 몹시도 장황한 이야기를 듣는 거북스러움을 애써 참았다. 그는 자신의 신앙이 얼마나 투철하며 진실한가를 증명하려는 듯 보였다.

그러던 중 그는 갑자기 건강에 관한 이야기로 말을 돌렸다. 자기는 젊은 시절부터 채식주의자였다는 것, 그리고 밥상을 차릴 때 사람들이 반찬의 가짓수를 지나치게 많이 차리는데, 그것이 얼마나 몸에 해로운가를 열심히 설명했다. 그때까지도 나는 그의 저의를 알아차리지 못했다. 다만 말을 하면서 그는 나와 한번도 눈을 마주치지 않았는데, 그것이 참 이상하다는 생각이 들 뿐이었다. 그의 말에 적당히 응수하며 나는 그가 본론인 문서 번역에 관한 이야기로 얼른 넘어가주기를 기다렸다.

그런데 얼핏 그의 말 가운데 "옛날에는 안식교에서 목사 안수도 받았는데, 지금은 안식교가 아니죠."라는 말이 스치고 지나갔다. 그때서야 나는 안식교도들이 신앙 이야기를 시작할 때 음식과 건강 문제부터 꺼낸다는 것을 기억해냈다.

비로소 실마리를 찾은 나는 그에게 번역하려는 책을 보

여 달라고 재촉했다. 아니나 다를까! 10여 권이 넘는 책을 꺼내놓는데, 전부 다 안식교 교리를 바탕으로 하여 자신의 신학 체계를 세운 이단종교 서적이었다. 대부분의 책이 그 자신이 저자로 되어 있었다. 책장들을 들추어보니 성경구절은 전혀 찾아볼 수 없고, 안식교에서 계시를 받았다고 추앙되는 어느 여인의 교훈들을 인용한 것으로 가득 차 있었다. 또 식품에 관한 이론이 많은 부분을 차지했고, 교회에서 드리는 기도와 찬양이 강신술이라고 매도하고 있었다. 게다가 정통 신학대학교에서 그 책들을 교재로 사용한다는 거짓말까지 그는 아무렇지도 않게 덧붙였다. 그때서야 분명해졌다. 왜 그가 말을 빙빙 돌리며 시간을 끌고, 그러는 동안 왜 나와 한번도 눈을 마주치지 않았는지.

그는 나에게 그 책들을 모두 번역해달라고 졸랐다. 이미 중국, 러시아 등지에서는 번역이 끝났으니, 이제 몽골 차례라는 것이다. 지금 한국어과 재학 중인 몽골 여대생을 시켜 번역하고 있으며, 내가 안 해주면 자기는 어떻게든지 그 책을 꼭 다 번역해내고야 말겠다고 했다.

여러 말 할 이유가 없었다.

"지금 이곳은 진리만 번역해내기에도 문서번역 인력이 턱없이 부족합니다. 이 사람들은 진리를 필요로 합니다. 이단종교 서적을 번역하고 앉아 있을 시간이 없으니 어서 돌아가세요."

이렇게 말하고 나는 자리를 뜨려 했다. 그러자 그는 다급히 책 한 권을 집어 들더니, "그럼 이 한 권만이라도 번역해주시오." 하며 애원하다시피 했다. 선교사 앞에서 이단 책을 들고 구걸하는 그의 모습이 어처구니없다 못해 불쌍해 보였다. 다시 한 번 주섬주섬 책을 챙겨주며 나는 어서 가시라고 했다. 그랬더니 허겁지겁 가방을 싸며 돌아갈 차비를 했다. 그러나 기어코 그 책 한 권을 내 손에 들이밀었다. 그러는 그가 하도 안 돼 보여서 그 책을 받았다. 물론 그 책은 나중에 찢어 쓰레기통에 버렸다. 혹시나 내 집에 드나드는 한국어과 학생들이 그 책을 보고 현혹될까 싶어서였다.

어이없으면서도 그가 너무 불쌍해 보였다. 자기가 쓴 책 몇 권을 번역해 출판하겠다는 일념으로 노인네가 낯선 몽골까지 찾아온 열정이 너무 안쓰러웠다. 몇 년을 그곳에 살아도 기름기 많은 그네들의 음식을 먹기 정말 쉽지 않은데, 그 집념 하나로 말 한 마디 안 통하는 몽골인 집에 기거하며 그 음식을 먹고 고생 고생하는 모습이라니……. 실로 사상에 대한 인간의 집념은 대단하다.

나는 그가 안쓰러워서, 어딘지도 모르는 곳까지 겁 없이 택시를 집어타고 나를 찾아온 그가 너무도 안쓰러워서, 택시 타는 곳까지 그를 바래다주었다. 그가 머무르는 동네 이름을 운전사에게 가르쳐주고는 거기까지 잘 모셔다달라고 부탁했다.

나는 그날 사상의 전쟁이 얼마나 치열한 것인가를 다시 한 번 절감했다. 유사 이래 사상의 갈등, 생각이 다르다는 사실은 얼마나 많은 전쟁과 살육을 불러일으켰는가. 특히 그것이 진리와 유사진리의 싸움일 경우엔 더 심했다.

종교개혁으로 종교가 분열되기 시작할 무렵, 기득권을 유지하려는 신, 구교의 종교 세력들에 의해 자행된 마녀사냥. 그들은 이교 사상을 지녔다는 죄목 하나로 선량한 사람들을 무자비하게 처형했다. 그때 처형된 사람들은 거의 다 연약한 여성들이었다고 한다. 고등 동물인 인간은 기득권을 유지하고 입장을 옹호하기 위해 사상의 싸움을 이용했다. 프톨레마이오스가 주장한 천동설에 대항하여 태양이 우주의 중심이라는 지동설을 주장한 갈릴레오 갈릴레이의 사상싸움 또한 세기적인 사건이었다. 마르크스라는 한 사람이 이상사회를 구현할 원리라며 제창한 공산주의 사상은 결과적으로 세계를 양극 대결 속으로 몰아넣고, 우리나라를 분단국으로 만들었다. 공산주의 이데올로기에 의해 자행된 숙청은 선량한 사람들의 엄청난 살상을 가져왔다. 유대인은 열등한 민족이라며 유대인 멸절을 시도했던 히틀러의 학살도 그의 비뚤어진 생각에서 비롯된 것이다. 그의 생각 하나로 온 유럽을 뒤흔들 때, 뜻있는 독일인들은 '디 게당켄 진트 프라이'(Die Gedanken sind frei, 생각은 자유다)라는 노래를 부르며 저항했다. 인류 역사에서 일어난 사상싸움의 불행한 흔적은 이루 헤아릴 수 없다.

사상싸움은 그 이면에 진리와 거짓의 대립을 감추고 있다. 그런데 사상싸움에서의 거짓은 유사진리의 옷을 입고 있을 때가 많다. 지금도 세상 사람들은 절대적인 진리가 어디 있느냐며 진리의 상대주의를 옹호한다. 그래서 절대 진리를 주장하는 자들은 어설픈 바보로 취급받는다. 똑똑한 현대인들이 자기중심적이고 상대주의적인, 그래서 자기 마음대로 살기 위해 잘 쓰는 방법 중 하나는, 진리라든가 죄라든가 하는 개념을 주장하는 사람들에게 수치감을 안겨주는 것이다. 바보라고 놀림 받으면서까지 그것을 주장하기에는 상당한 용기가 필요하다. 그래서 많은 현대인들은 진리를 추구하거나 주장하기를 포기해버린다.

하지만 인간이 오랜 역사에 걸쳐 진리를 모색해왔다면, 절대 진리가 분명히 있다고 보는 게 나의 믿음이다. 진리는 "모든 생각을 사로잡아 그리스도에게 복종"(고린도후서 3:6)시킬 때 얻을 수 있다고 믿는다.

복음의 선생이 된 선교사들은 이 세대의 가장 척박한 곳에서 진리를 증거하기 위해 생을 투자하며 싸우고 있다. 그러나 그 일을 훼방하려는 거짓 선생들 또한 어딜 가든 판친다. 선교는 진리와 거짓의 문제이며, 선교사는 진리에 헌신한 자다. 진리이신 예수 그리스도는 초대교회 때와 다름없이 거짓 선생들에 의해 지금도 부인당하고 계신다.

내 영혼에 불을 붙일 한 사람

"때로 우리 영혼의 불은 깜박거리며 꺼져가지만, 그것은
다른 인간 존재에 의해 다시 지펴진다."

 하루 스물네 시간을 혼자 보내야 하는 날들이 이어지던
어느 날, 신문의 책 광고에 삽입된 슈바이처의 이 한 구절
이 마음에 파문을 일으켰다. 누구의 손을 통해 내 집 현관
에 그 신문이 뒹굴게 되었는지. 전화도 통신도 발달되지
않아 한국에서 오는 소식이 까마득하게만 여겨지던 1997
년의 몽골 울란바트르에서 나는 신문의 한 페이지를 읽고
있었다. 그때 눈에 잡힌 이 구절은 나를 깊은 사색의 시간
으로 이끌어주었다.
 '슈바이처도 영혼의 불이 꺼져가는 것처럼 느낄 때가 있
었구나.'
 그 무렵 나도 영혼의 불이 꺼져가는 듯한 상태에 있었
다. 그러므로 슈바이처 같은 위인도 그랬다는 사실이 큰
위안이 되었다.

천성적으로 외로움을 잘 타는 성격이지만, 한편으로는 늘 현실로부터 약간의 거리를 둔 채 내 안의 동굴에 은신할 수 있는 여지가 있어야만 평안을 느끼는 나. 그런데 그날 '내 영혼의 불이 깜박거리고 있다'는 말과 '다른 인간 존재'라는 말이 나를 멈추어 서게 했다.

그때 나는 혼자였다. 황량한 외지外地에서 떠듬떠듬 외국어를 배우는 일 말고는 별로 할 일이 없는 무료한 날들이었다. 아침에 두 시간 몽골어 공부를 하고 나면, 친밀하게 관계 맺을 그 누구도 없고, 딱히 의무감을 갖고 해야 할 일도 없었다. 그러면 나는 시장에 갔다. 시장이란 늘 사람 구경을 할 수 있는 곳. "이거 얼마예요?", "흠, 좀 비싸네요." 하는 식의 별 의미 없는 말들을 주고받았다. 그렇게라도 사람들과 관계 맺어야 했다. 별로 살 것도 없으므로 감자 반 킬로그램을 산다. 1킬로그램을 사면 다음에 시장 갈 일이 그만큼 적어질 테니까 반 킬로만 산다. 감자를 들고 집으로 가면, 눈앞에 보이는 감자라는 물건이 그래도 오늘 무언가를 했다는 성취감을 준다. 그리고는 혼자 밥을 해먹고 몇 권의 책을 뒤적이다가, 똑같은 하루를 맞이하기 위해 잠자리에 든다.

그때 나는 내 영혼의 불이 깜박거리고 있다고 느꼈다. 사람들과 함께일 때 찾아 들어간 혼자만의 방은 그리 쓸쓸하지 않았었다. 오히려 그것은 달콤하고 비밀스러우며 신비가 감도는 매혹적인 세계였다. 그러나 막상 함께할 사람 하나 없는 환경 속에서 그 혼자만의 방은 큰 아가리를 벌리고 나를 삼키려 드는 늪이었다. 그리고 내 영혼은 바로 그 방에 갇혀 가물거리고 있었던 것이다.

그런데도 거기서 나오지 않으려 애쓰는 게 또한 나였다. 친밀하고 의미 있는 타자他者를 향해 쉽게 열리지 않는 빗장. 그것을 풀지 않으면 안 되었다.

그런데 슈바이처는 그 불이 '다른 인간 존재'에 의해 다시 지펴진다고 말하고 있다. 나는 귀 기울였다, 다른 인간 존재의 숨소리에. 그 다른 존재는 바로 내 삶을 풍요롭게 인도해줄 문이 되리라. 어둠 속에서 나는 그 문을 새롭게 인식하고 발견했다. 그 문이 앞으로 남은 반절의 삶을 훨씬 풍성한 시간들로 인도하리라는 예감을 느꼈다. 지금까지와는 또 다른 세계, 새로운 가능성을 이상한 힘으로 내 영혼은 감지하며 내다보고 있었다.

그렇게 열리는 새로운 시각 속에서 나는 다가올 변화를 맞아들이기 위해, 나 자신의 삶을 스스로 통제하려 했던 부질없는 노력들을 포기했다. 하나님이 끌고 가시는 운명의 나귀가 내게로 걸어오고 있었다. 열린 마음과 긍정으로 그 나귀로 바꾸어 탈 마음의 준비를 했다. 다른 인간 존재에 의해 내 영혼의 불이 다시 지펴지기를, 새로운 생활 속에서 활활 타오르기를 기도했다.

수년이 흘렀다. 환경도 바뀌어서, 나는 친밀한 다른 인간 존재와 삶을 함께하게 되었다. 아침이 되면 그와의 관계 속에서 하루가 설정된다. 그러다 보면 때로는 한없이 따스하고 행복하고, 때로는 서로 얽히고설켜 복잡해지기도 한다. 하지만 기쁨이든 슬픔이든, 사랑이든 갈등이든 간에, 관계의 그물망 속에서 그것은 내 영혼의 불을 지펴준다.

무료하기 그지없던 외국에서의 어느 오후, 현관에 굴러다니는 신문의 광고 문구에서 읽은 그 한 구절. 인간은 타인과의 친밀한 관계가 결핍되면 영혼의 불이 꺼져갈 수밖에 없다는 것, 그러므로 부모자식 간이든 배우자이든 간에, 또는 친구 사이든 간에, 서로 친밀하고 바른 관계 안에 있지 않으면 행복할 수 없다는 것을 그 한 구절은 절감하게 해주었다. 또한 그것은 미래의 풍성한 삶, 기대할 만한 변화를 알리는 고지告知처럼 내게 다가왔다.

내 친구 R

몽골어 교사 R에게서 나는 세 달 동안 몽골어를 배웠다. 기초문법 3개월 과정을 뗐으나 아직 잘 알아듣지도 말하지도 못할 때, 그녀는 일주일 만에 내 귀를 틔워주었다. 마치 내가 몽골인이라는 듯 그녀는 나를 향해 아무렇지도 않게 빠른 속도로 말을 해댔다. 그게 언어공부에 무척 좋은 방법이라는 걸 영국에서 배운 적 있어서, 알아듣지도 못하면서 수업시간만 되면 정면을 응시하고 그녀의 수다를 제지하지 않았다.

하지만 이해도 못 하는 말을 매일 일대일로 두 시간씩 가만히 앉아서 듣기란 쉽지 않았다. 사흘째 되는 날엔 너무 스트레스를 받아 멀미하듯 헛구역질까지 했다. 안 그래도 식중독 후유증으로 몸이 안 좋던 차에 심한 스트레스가 압박했던 모양이다. 그런데 신기하게도 일주일쯤 지나자 나는 어느 새 그녀의 말을 알아듣고 있었다. 총명한 그녀가 너무 고마웠다.

그 후 그녀는 세 달 동안 날마다 내 집을 방문하여 풍부히 이야기를 들려주었다. 사범대 몽골어과 출신인 그녀는 학생 기숙사 시절에도 능란한 화술 때문에 늘 친구들이 주변에 몰려들었다고 했다. 조용하고 내성적이면서도 총명한 그녀는 책을 좋아하고 이지적이어서 얘깃거리가 늘 풍부했다.

이혼과 아이 문제로 상처를 품고 있는 그녀는 내게 많은 호의를 보였다. 그 호의는 외국인에 대한 단순한 호기심이나 친절이 아니라, 마치 내 삶을 이해하고 있다는 듯한 태도였다. 살기 힘들다는 자기 나라에 와서 좋은 일 하겠다며 혼자 사는 나를 그녀가 늘 애정 어린 시선으로 바라보고 있다는 걸 나는 느꼈다. 그 시선 속에서 나는 참 편안했고 그녀를 좋아하게 되었다.

그런데 그 무렵 언어공부와 관련하여 내가 몰랐던 사실 하나를 알게 되면서 약간 마음이 불편해졌다. 한달에 적지 않은 수업료를 내고 공부하는 그 학교가 정식 학교가 아니라, 이름만 대면 금방 알 수 있는 지식인 C라는 사람이 연 사설 강좌였던 것이다. 나는 배신감을 느꼈다. 아직 그곳 사정을 잘 몰랐으므로 배신감은 더 컸다. 더욱이 내 일의 성격상 대학원 과정에서 언어를 심도 있게 배워야 할 텐데, 진학할 수 없는 난관에 처하고 말았다. 정규학교 언어 과정을 수료하지 않으면 진학이 불가능했기 때문이다.

곧장 학교를 옮겨야 했다. C에게 그 일을 상의하자 그는

2년 계약이므로 안 된다고 했다. 그러나 입국 시 학교 수속을 도와준 사람으로부터 그 사실을 전해 듣지 못했기에 그것이 사설 강좌인 줄 몰랐다는 것과 학교를 꼭 옮겨야 하는 이유를 거듭 설명하자 그는 설득되었다. 우여곡절 끝에 나는 국립대 언어 과정으로 옮길 수 있었다.

그런데 그때 절차상 이 사람 저 사람 만나고 다녀야 했는데, 그 과정에서 나는 R에 대해 오해를 품게 되었다. 자세한 사정을 모르는 내가 누군가 그녀의 이름을 언급하며, 그 이름의 소유자가 거짓말을 했고 그에게 책임이 있다고 하는 말로 잘못 알아들었던 것이다. 나는 충격을 받았다. 다른 사람도 아닌 R이 내게 거짓말을 하다니.

그동안 나는 그녀가 거짓말하는 것을 한번도 경험한 적

집 뒤로 바라다 보이는 큰 산 보그뜨 항

이 없었다. 그런데 그녀마저 내게 거짓말을 했다면, 여기서 나는 누구를 믿고 지낼 것인가. 너무도 상심해서 도로에 눈이 꽁꽁 얼어붙은 그 겨울날 국립대에서 조크무제 내 집까지 땅만 내려다보며 터벅터벅 걸어서 왔다. "R이 내게 거짓말을 하다니, 그녀가 내게 거짓말을 하다니……." 하고 되뇌면서 말이다.

그렇게 한참을 걷는데 문득 "너는 죄인인 인간을 위해 이곳에 온 것이 아니냐?"라고 성령께서 깨우치시는 것 같았다. 그 음성이 너무 분명했으므로 정신이 퍼뜩 들었다. "맞습니다." 하고 나는 대답했다. 건강한 자에게는 의원이 쓸 데 없고 병든 자라야 의원이 쓸 데 있다고 예수 그리스도는 말씀하셨다. 나를 보내신 그분의 뜻도 바로 그것이었다. 인간의 모든 비참함의 근원은 죄(sin), 곧 원죄에 있다. 영적으로 병들어 있기 때문에 거짓과 아픔, 고통이 있다. 예수 그리스도는 중풍병자를 고치고 "네 병이 나았다"고 하지 않고 "네가 죄사함을 받았다"고 말씀하셨다(마가복음 2:1-12). 그것은 인간에게 육신의 질병보다 더 근원적인 병, 곧 영혼의 질병이 있다는 사실을 지적하고, 그 병이 치료받아야 할 필요가 있음을 말씀하신 것이다. 인간에게 나타나는 모든 거짓이나 병리현상 뒤에는 바로 죄의 세력이 숨어 있음을 일깨우신 것이다.

그날 나는 내가 그곳에 와 있는 목적을 다시 짚어보았

다. 모두 진실하고 바르게 행하는 사람들을 위해 그곳에 오지는 않았다는 게 자명했다. 나 역시 바르게 행하는 데 늘 실패하는 죄인이지 않은가. 그래도 R이 내게 거짓말한 것이 사실이 아니기를 바라는 내게 며칠 뒤 진실이 밝혀졌다. 그녀는 나를 속이지 않았다. 그게 밝혀졌을 때 "그럼 그렇지, R이 그럴 리가 없지." 하고 나는 안도의 숨을 쉬었다.

몽골을 떠나오는 날까지 그녀와 나는 비교적 깊이 속 얘기까지 나누는 우정을 이어갔다. 1년만 기약하고 귀국했으나 지금까지 한국에 머물러 있는 나. 그때 나의 불찰로, 곧 오리라며 주소를 챙겨오지 못해 그녀와 연락이 끊긴 것이 못내 안타깝다. 그녀를 다시 만날 수 있기를 나는 지금도 고대하고 있다.

나랑 공동묘지에서

몽골의 최대 명절인 나담 축제로 국민 전체가 희열에 휩싸여 있던 2000년 7월 11일, 선교여행 팀의 일원으로 온 김성호라는 한국인 청년이 몽골의 시골 마을 아르항가이에서 사망했다. 낡은 교회 지붕을 고치기 위해 올라간 순간, 두 줄의 굵은 전선이 그의 온몸을 감전시켰다. 싸늘한 시체가 되어 울란바트르로 돌아온 그의 장례식이 죽은 지 나흘 만인 7월 15일에 치러졌다.

버스를 타고 장례식장으로 가는 동안, 지난 주일에 본 그의 모습이 계속 생각났다. 내가 다니는 우르멍 게게(영원한 빛) 교회 주일예배 때 함께 온 열 명가량의 청년들과 함께 앞에 나와 찬양을 부르던 그. 해맑아 보이는 얼굴의 그는 유난히 깨끗한 흰색 티셔츠와 앳된 외모 때문에 눈에 띄었었다. 사건 당일에도 그는 그 흰색 티셔츠를 입고 있었다고 한다.

우리가 탄 차는 40-50분쯤 후 울란바트르 외곽의 어느 작은 교회 마당에 정차했다. 10여 분 후 입관 예배가 시작되었다. 간단한 설교 후 그의 죽음과 관련해 몇몇 사람들의 공개 증언이 이어졌다. 비보를 듣고 한국에서 급히 날아온 청년의 아버지가 첫 번째로 고백했다.

감리교 목사인 그 아버지는 젊은 시절 선교사가 되고 싶었다. 그러나 선교사로서의 부르심에 확신이 없어 한평생 국내 목회를 하며 살아왔다. 하지만 하나밖에 없는 아들만큼은 꼭 선교사로 보내고 싶었다. 그는 기회가 닿는 대로 아들에게 선교 비전을 불어넣어주려 노력했다. 그러던 중 마침 좋은 기회가 왔다. 모 선교단체에서 몽골 선교 정탐 여행을 주최한다는 소식이었다. 그는 아들을 불러 이 여행에 참가하지 않겠느냐고 권유했다. 착한 아들은 조금 생각해볼 시간을 달라더니, 오래지 않아 아버지의 뜻을 따르겠다고 결정했다. 그리고 몇 주 후 몽골에 도착한 것이다.

한국에서 아들의 사망 소식을 전해들은 아버지는 슬픔을 이기지 못해 교회당으로 가서 하나님께 울며 따졌다.

"하나님, 왜 내 아들을 데려가셨습니까?"

그러자 주님의 음성이 들려왔다.

"네 아들을 선교사로 내놓겠다고 하지 않았느냐? 선교사로서 순교보다 더 큰 영광이 어디 있느냐? 게다가 네게는 아직 두 딸이 남아 있지 않느냐? 나는 하나밖에 없는 아들을 주었다."

이 음성을 듣고 아버지는 극심한 슬픔 중에도 아들의 죽음의 의미를 깨달았다고 한다.

한편, 여행 팀을 이끌고 온 한 독신 여선교사는 그 청년이 죽은 후 밤새도록 기도하며 울부짖었다고 한다.

"하나님, 왜 선교사인 나를 데려가지, 아직 할 일 많은 어린 성호를 데려가셨나요?"

그러자 주님이 대답하셨다.

"성호는 깨끗하고 흠 없는 제물이기에 내가 데려갔다."
라고.

그 고백들을 들으면서 그곳에 모인 사람들은 모두 오열을 멈추지 못했다. 그러면서도 이 죽음이 하나님의 뜻 가운데 계획된 일이었다고 입을 모았다. 하나님 보시기에 몽골 땅을 위한 순교의 제물, 그것도 깨끗한 제물이 필요했던 것이라고. 한 시간쯤 후 그는 부모님과 몇몇 선교사들, 그리고 몽골 교회 성도들이 지켜보는 가운데 울란바트르 근교의 나랑('양지 바른'이라는 뜻) 공동묘지에 묻혔다. 몽골에서의 한국인 최초의 순교자로서 말이다.

그가 죽었을 때 현장에 있던 몽골 청년들은 지푸라기라도 잡는 심정으로, 시신을 옆에 놓고 살려달라고 간절히 기도했다고 한다. 그러나 기도를 시작하자마자, 그의 소생을 위해서가 아니라 현장으로 달려온 그 지역 경찰과 관리, 지식인들을 위해 전도하라는 주님의 음성을 들었다고 했다. 그 와중에 그들은 전도를 했고, 몇몇 사람이 예수 그

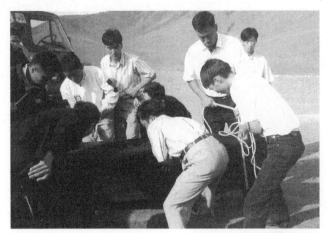

몽골 교회 지도자들이 하관하고 있다.

리스도를 영접했다고 한다. 목사인 청년의 아버지는 기독
교에 적대적인 아르항가이에 '김성호 선교사 순교 기념교회'
를 세우겠다는 결심을 후에 발표했다.

장례식에서 돌아온 나는 밀려오는 감정을 주체할 수 없
었다. 그래서 방에 들어서자마자 노트북을 켜고 '나랑 공
동묘지에서'라는 시 한 편을 써내려갔다. 미숙하고 거칠지
만 시라는 그릇으로 그의 죽음의 의미, 그리고 내 안에 일
어나는 감정을 담아내고 싶었다.

허토의 시간

나랑 공동묘지에서

-김성호 선교사 추모시

이 땅이 그리도 그립더냐
눈부신 흰옷 입고 날아와
새처럼 가볍게 목숨을 떨군 너
태양이 가까운 나랑 산정에 누워
누구도 방해 못 할 순한 잠을 자거라
소리치지도 않고
고개 들지도 않고
여린 순 같은 눈길로 우리를 위해

속죄의 죽음을 죽어간
사랑하는 이의 자취를 따라

무고한 피로 하늘의 노염을 산 정복자가 지금도
드센 말 갈퀴를 빗기는 얼룩진 땅을 위해
우리는 속죄할 순결함도 없었다
내가 아니고 하필 네가 죽었는가
울부짖는 울음소리에
순백의 웃음으로만 대답하느냐
우리의 울음은 너를 보낸 회한이 아니요
기꺼이 버리지 못했던 우리들 자신
백날을 한결같이 자기를 사랑했던
이기利己의 껍질을 토해내는 울음이거늘

그리운 이여
빗줄기 추적이는 밤에 홀로 누웠어도
한숨짓거나 슬퍼하지 말라
뱃속 깊이 우리의 죄가 토해졌고
할 일 마친 너의 이름은 돌비석 위에서
뉘우침 모르던 나그네들 발길 멈추고
고개 숙여 속죄의 울음을 울게 하는
거룩한 기억이 되어 반짝이고 있나니

기독교 역사에서 고난과 순교 없이 신앙의 복을 성취한 나라는 없다. 온 나라가 떠들썩하게 축제를 벌일 때, 먼 이역에서 날아와 목숨을 내어준 그의 희생은 몽골을 주님의 땅으로 회복시키기 위한 그리스도의 사역이요 거룩한 순교였다고 생각된다.

도라지꽃

어느 늦가을 날 몇몇 지인들과 함께 몽골 제2의 도시 다르항으로 1박 2일 여행을 갔다. 낙엽의 정취도 즐길 겸 그곳에 사는 선교사 가정을 방문하기 위해서였다. 도중에 한적한 곳을 찾아 준비해간 소시지를 구워먹고, 국도 양쪽으로 침엽수가 끝없이 늘어선 셀렝게를 지나, 아담한 돔 건물이 있는 러시아 국경 지역도 들렀다. 철망이 둘러쳐진 국경에서 사진을 찍다가 수상한 사람들로 오해받아 잠시 억류되었다가, 국경 사무소에서 해명한 후에야 풀려나는 해프닝도 있었다. 한나절 내내 즐거운 여행길이었다.

저녁 늦게 우리는 다르항에 도착했다. 그 선교사 집에서 여장을 풀고 저녁 식사를 마친 뒤, 함께 간 K와 나는 일행에서 빠져나왔다. 1년 전 다르항에 살았던 적이 있는 그녀가 친하게 지냈다는 몽골인 가정을 방문하기 위해서였다.

어둠이 깔린 길을 30분 정도 걸어 우리는 목적지에 이르렀다. 방사선 형으로 지어진 독특한 건축물로 유명해서 각국 백과사전에도 나와 있다는 한 아파트였다. 유명

다르항 가는 도중의 셀렝게 지역. 국도 양쪽으로 침엽수가 끝없이 늘어서 있다.

하다고는 하지만 그곳은 몽골 대부분의 아파트들처럼 계단과 복도에 전깃불 하나 없이 깜깜했다. 다행히 K가 그 아파트 내부를 소상히 알고 있어서 그 집을 찾는 데 별 어려움이 없었다. 하지만 난간도 설비되어 있지 않은 계단을 지나면서 아찔한 순간들을 넘겨야 했다. 자칫 어둠 속에서 발을 헛디뎌 그대로 계단 아래로 굴렀다면 어떻게 되었을까. 이런 소름 끼치는 생각이 지금도 가끔 떠올라 움찔하곤 한다.

길고 깊숙한 미로를 지나 우리는 그 집에 당도했다. 문을 두드리자 백발의 할머니가 문을 열었다. 열린 문틈으로 이제까지의 어둠이 거짓이라는 듯 환한 백열등 불빛이 쏟아졌다. 그 깜깜하고 깊은 미로 속에 그렇게 환히 불 밝힌 방들이 은밀히 숨어 있다니. 어둠의 끝에서 갑자기 열리는 그 환한 방들은 마치 지상의 것이 아닌 듯했다.

할머니의 등 뒤로 초등학생으로 보이는 손녀딸 두 명이 서 있었다. K와 친분이 있는, 꽤 실력 있는 피아니스트라는 그 아이들의 아버지는 집에 없었다. 초면인 나도 더불어 인사를 나누고 거실에 앉았다. 할머니는 K를 무척 반가워했다. 1년 남짓 사귀었는데도 두 사람은 할 얘기가 많은 모양이었다. 수테채와 버브(몽골 전통 차와 빵)를 먹으면서 두 사람은 끊임없이 대화를 나누었다. 간간이 나도 끼어들었으나 초면의 사람들끼리 하는 의례적인 대화일 뿐이었다.

그렇게 한 시간쯤 흘렀을까. 불현듯 할머니는 한국 노래 하나를 알고 있다고 했다. 우리는 신기해서 무슨 노래인지 한 번 불러봐 달라고 청했다. 그러자 서슴지 않고 노래를 시작했다.

"도라지 도라지 백도라지, 심심산천에 백도라지
한두 뿌리만 캐어도, 대바구니가 철철철 넘는구나
에헤야 데헤야 에헤에야아……."

백발이 성성한 몽골 할머니, 그것도 우리가 머물던 수도에서 국도를 따라 다섯 시간 이상 달려야 하는 먼 지방의 할머니가 한국 노래를 한국말로 또박또박 불렀다. 겹겹의 문으로 구획 지어진 러시아식 아파트 그 깊숙한 곳에서 한국인 두 명을 앉혀놓고 몽골 할머니가 '도라지꽃'을 가사 하나 안 틀리고 부르고 있었다.

깜짝 놀란 우리가 도대체 그 노래를 어떻게 아느냐고 묻자, 오래 전에 알던 북한 사람이 가르쳐주었다고 했다. 놀라웠다. 그때 그 할머니가 거실의 허름한 나무탁자를 내리비추는 백열등 밑에서 노래 부를 때, 내가 느낀 신비로움은 말로 표현하기 어렵다. 더욱이 북한 사람에게서 배웠다고 하니, 신비로움이 더 배가됐다.

동족이면서도 우리와는 단절된 북한 사람들. 우리 민족인 그들이 남긴 흔적을 나는 몽골 이곳저곳에서 볼 수 있었다. 내가 살던 울란바트르에는 전쟁 기념탑인 자이승에서 멀지 않은 곳에 6.25 때 북한 고아들을 수용했었다는 2층 목조 건물이 있었다. 그 건물은 경매로 팔려나가고, 결국 거의 다 허문 뒤 전혀 다른 건물로 재건축되었다. 또 울란바트르에는 북한 사람이 운영하는 꽃가게가 있어서 한국 사람들이 가끔 그곳에서 화분을 사다 기르곤 했다. 나도 그래야겠다고 벼르다가, 가게 위치도 정확히 모른 채 귀국하고 말았다. 또 어느 해인가는 국제회의 참석차 한국에서 온 손님을 만나러 나갔다가, 그와 안면 있는 북한 참석자로부터 어이없는 비난을 듣기도 했었다. 어처구니없었지만, 그가 북한 사람이어서 나는 가볍게 웃어넘길 수 있었다.

이처럼 몽골에서 마주친 북한 사람들의 흔적을 만날 때 내가 제일 먼저 느끼는 것은 신비감이었다. 어릴 때부터 반공 교육을 받고 자랐기 때문인지, 북한이라고 하면 영원히 갈 수 없는 곳, 완전히 딴 세상이어서 마치 지상에 없는 곳인 듯, 상상의 나라이기나 한 듯 이상한 베일 속에서만 그림이 그려지곤 했었다. 정작 동족인 북한 사람들과 우리는 그렇게 먼데, 몽골 사람들은 오히려 그들과 가까웠다는 사실에 질투심도 느껴졌다.

귀국 후 나는 매스컴을 통해 심심찮게 탈북자 소식을 들었다. 가까이 지내던 지인은 탈북자와 결혼도 했다. 그런 소식들을 통해 내가 지금 느끼는 것은 신비감이 아니라, 정치적 소용돌이 속에서 일어나고 있는 변화다. 과도기적이며 어느 목표 지점을 향해 가고 있는 움직임을 감지한다. 그러면서, 몽골에서 느꼈던 신비로운 베일이 완전히 벗겨져, 북한 사람들이 어떤 흔적으로 보이는 것이 아니라, 우리와 함께 날마다 일상 속에 부대끼며 살아가는 현실이 되기를 바라는 마음 간절해진다.

내 영혼의 몸살

"모든 육신의 병은 영혼의 병이다."

어느 책에선가 읽은 적 있는 이 말은 아마 사람의 영혼이 깊이 고뇌할 때, 그것이 육신에 영향을 끼쳐 질병으로 나타난다는 말일 것이다. 나는 이 말에 대해 어느 정도 수긍한다. 모든 병이 다 그렇다고 할 수는 없지만, 어떤 병들은 영혼의 병에서 비롯되어 육신을 괴롭히기도 한다.

대학 시절 나는 유난히 몸살을 자주 앓았다. 툭하면 몸이 쑤시기 시작했고, 한 번 아팠다 하면 꼬박 사흘을 신음하며 누워 있어야 했다. 그러면서도 신기한 일은 사흘만 지나면 몸이 거뜬히 회복되는 것이었다. 그래서 몸살이 나면 "사흘만 고생하면 되겠군." 하면서 자리를 폈다. 그 시절의 내 몸살 병이 꼭 영혼의 병에서 비롯된 것이라고 단언하기는 어렵다. 하지만 그것이 내 영혼의 상태와 무관했다고 말하기는 더욱 어렵다.

그 무렵 나는 실패감과 미래에 대한 불안으로 괴로워했다. 또 어린 시절 가장 든든한 후원자였던 아버지가 더 이상 내 후원자가 되어줄 수 없다는 사실에 직면해야 했다. 캠퍼스와 거리는 늘 최루탄 가스로 젖어 있어서, 도서관에서 공부를 해도 죄인 같고, 교정을 한가로이 거닐어도 죄인 같았다. 게다가 여고 시절부터 운명처럼 빨려들던 문학의 세계는 이상하게도 내 영혼을 점점 더 모호한 안개로 뒤덮는 듯했다. 문학을 위해서라면 영혼도 팔 수 있을 것 같은 정열로 넘쳤으나, 손에 쥐어지는 것은 아무것도 없었다. 나도 모르는 사이에 허무주의자가 된 내 영혼은 점점 암울해져갔다. 그래서였는지 거의 습관적으로 몸살을 앓으며 시간을 통과하고 있었다.

그러나 수년 후 감사하게도 나는 하나님을 만났다. 다섯 살 때 엄지손톱만 한 렌즈를 통해 경험한 신비로운 하나님, 초등학교 시절의 작지만 진지했던 신앙…… 주님은 어리디어린 그때의 내 신앙고백을 기억하고 내 영혼을 다시 만나주신 것이다.

인본주의적인 지식으로 머리를 채우려 애쓰다 허무주의에 시달리며 병들었던 내 영혼. 그때 나는 하나님 없는 지성知性이 얼마나 가난하고 허약한 것인지를 경험했었다. 아니, 다른 사람들은 인본주의적인 지식만으로도 강인한 정신력을 소유할 수 있고 그것만으로도 배부를 수 있을지 몰라도, 나는 그럴 수 없음을 처절히 깨달았다. 너무 배가 고프고 목이 말랐다. 그런 나를 하나님이 불쌍히 여기셨는

지, 내 영혼이 온통 하나님의 것으로 채워지는 포만감으로
든든해지기 시작했다. 그리고 20대 후반, 어느 날의 철야기
도를 통해 나는 평생을 주님께 드리기로 했다.

　대학 때 비하면 훨씬 뜸해지긴 했으나, 그 후에도 나는
간간이 몸살을 앓았다. 그날도 아주 오랜 만에 몸살에 걸
려 약을 먹고 한숨 자고 났다. 그런데 잠에서 깨어난 순간,
그 깊고 오랜 잠을 통해 내 정서가 맑게 순화되어 있음을
또렷이 느꼈다. 자애롭기 그지없는 손길로 누군가가 나의
긴 머리를 곱게 빗겨주는 듯한 느낌에 휩싸였다. 그 손길에
나는 평화롭고 사랑받는 아이가 되어 온 머리를 내맡기고
있었다. 참으로 나는 고와지고 있었다. 이전의 모든 혼란
이 다 사그라지고, 평화로웠다. 고요와 평강이 침상을 가
득 채웠다. 그 느낌을 버릴 수 없어 나는 '몸살'이라는 소박
한 시 한 편을 썼다.

　　몸살

　　순한 잠을 잔다
　　영혼이 가라앉는 바다

　　고래 뱃속인지,

나를 토해 내줘,
뱉어 내어
마른 땅 위에 서게 해줘,

숨결 사이로 죄어드는
살의 아픔
영혼이 독을 먹은 탓일 거야
가라앉은 영혼 위로 떠올라
몸을 엉기며 부유하는
죄의 부스러기들

길이 있지 않을까
해저를 돌아
푸른 비늘 반짝이며
뭍으로 솟아오를

수십 년 허물진 육신
먼 땅 그리며 지키는
참회의 밤은 깊어

요나는 사흘 동안 캄캄한 물고기 뱃속에 있다가 나온

뒤 니느웨 전도자가 되었다. 사울은 다메섹에서 예수님을 만난 후 눈이 멀어 사흘간 암흑 속에 있다가, 고침 받고 위대한 선교사 바울이 되었다. 예수 그리스도는 십자가에 죽으신 후 사흘 동안 흑암의 무덤 속에 갇혀 있다가 부활하여, 사망을 정복한 생명의 주인이 되셨다. 우리 인간은 영혼의 어두운 밤, 그 고통에 처해 있을 때 하나님께로 보다 가까이 나아가게 된다. 영혼의 고뇌 속에서 우리는 자신의 죄를 발견하고 회개의 눈물을 흘리게 된다. 그 잦은 몸살 앓이는 어쩌면 죄로 얼룩진 내 영혼이 하나님께로 가까이 다가가기 위한 영혼의 몸살이었는지도 모른다. 고래 뱃속 같이 어두운 영혼의 터널, 그 몸부림을 겪으며 지나온 나. 내 안에 주님 주시는 평안이 가득하다.

난쟁이 마을

　나고 자란 한국 땅이 우물로 여겨져, 보다 넓은 지평을 찾지 않으면 숨 막혀 죽을 거라고 답답해하던 서른 살에 첫 외국 여행을 했다. 필리핀을 선두로 자연스럽게 여행이 이어졌다. 그리고 개방 초기의 몽골 여행을 계기로 나는 선교사가 되었다. 불과 1, 2년 전만 해도 생각해본 적 없는 뜻밖의 삶이 나를 기다리고 있었다.

　그러나 5년여 만에 다시 한국에 둥지를 틀었다. 잠깐 들른다고 생각하고 귀국했는데, 다시 떠나지 못했다. 영영 떠났다고 생각했었는데, 실상은 잠깐 나들이하고 온 격이 되고 말았다. 결국 원점으로 돌아와 나는 예전처럼 이곳에서 살아간다.

　과연 나는 원점에 서 있을까. 이 질문에 대해 나의 내면은 그렇지 않다고 대답한다. 떠나기 전의 그 자리에 있지 않다고.

　필리핀과 중국, 홍콩 여행으로 시작된 우물 밖 첫 걸음. 그 후 중앙아시아의 우즈베키스탄과 키르키즈스탄 여행,

그리고 1년 여 동안의 영국 체류와 3년 반의 몽골 체류로 이어진 몇 년간의 외유外遊는 나로 하여금 이전의 경험과 사고의 한계를 상당히 뛰어넘게 해주었다. 여행을 그리 많이 한 것은 아니지만, 그 정도만으로도 이 세계와 시대, 나의 삶을 새로운 시각으로 바라보는 물꼬를 틀 수 있었던 것 같다. 얼핏얼핏 스친 풍경들조차도 내게 말을 걸지 않는 것은 없었기 때문이다.

외지에서 만난 아름다운 풍광風光들을 나는 지금도 가끔씩 꺼내보곤 한다. 먼저 필리핀의 민도로 옥시덴탈 섬에서 화이트 비치까지의 위험했던 항해가 생각난다. 몸체가 너무 좁아 한 사람씩 등을 엇갈리며 반대쪽을 바라보고 앉아야 하는 전통 나룻배를 타고 일행과 함께 한 시간에 걸쳐 바다를 건넜다. 겨우 오후 다섯 시 무렵인데 적도의 바다는 칠흑 같았다. 긴장감 넘치는 항해 중에도 해안선 따라 보이는 불 켜진 마을 집들에 마음을 빼앗겼다. 야자수 사이로 드러나는 창문들이 너무도 신비로워서 '내가 저 불빛 아래 지금 앉아 있을 수 있다면……' 하는 맹랑한 생각에 내내 사로잡혀 있었다.

한겨울 중앙아시아의 스텝 지역. 가도 가도 끝이 없고 비 때문에 뿌옇게만 보이던 겨울 초원의 황량함, 그리고 거기서 혼자 말을 타고 빗속을 달리던 사람 그림자가 풍경을 비현실적으로 보이게 했다. 또 여름날 몽골의 시골에 가서 초원에 앉아 있으면, 불현듯 선선한 바람이 불어오다가 그 늘이 초원을 통째로 삼키듯 할 때가 있었다. 드넓은 초원 전체가 그늘에 잠긴 모습은 장엄하기까지 해서, 심리학적 으로 누미노제라고 일컫는 일종의 경건함마저 느껴졌다.

본머쓰 바다의 파도소리와 그것을 닮은 10월의 바람소리 는 또 어떠한가. 밤이 되어 하숙집 2층 내 방에 누워 잠을 청할라치면, 그로브(The Grove) 거리 양쪽으로 길게 늘어선 플라타너스 잎사귀들을 훑으며 지나가는 바람소리가 파도 치는 듯했고, 그러면 내 마음은 어느 새 본머쓰 바닷가로 달려가 있었다. 그 바다에서는 언제나 흐느낌 소리가 났 다. 그러면서도 가끔 옥스퍼드나 캠브리지, 에딘버러나 시 티 오브 바쓰 등지를 방문하면, 수백 년 전의 문화적 위용 이 가슴에 전달되면서 새로운 도전감 같은 것을 느끼게 했 다. 이렇게 아름답고 장엄한 풍경들이 가슴에 남아 지금까 지도 간간이 그리움에 젖게 한다.

하지만 그 모든 것들보다도 더 짙게 흔적을 남긴 것은 오 며가며 만나고 함께했던 사람들이다.

첫 여행지인 마닐라에서 만난 엘리자벳 할머니. 그녀는 목사였던 남편과 일찍 사별하고 신학교 청소부로 일하던 중, 한국인 선교사를 만나 일곱 개의 교회를 세우는 데 훌 륭한 동역자가 되었다. 팔순의 노령인데도 타이핑은 물론 가는 곳마다 동행하며 한국인 선교사의 비서 역할을 완벽히 수행해내고 있었다. 그녀는 여행 내내 아코디언을 켜며 '부하이 부하이'라는 찬양을 우리에게 가르쳐주었다. 그녀가 내는 고음의 맑은 목소리는 모두의 감탄을 자아냈다.

민도로 옥시덴탈 섬에서 만난 원시부족들은 충격스러웠다. 이 첨단 시대에 그들은 동굴 속 삶을 영위하고 있었다. 우리 일행이 타고 가던 지프차가 고장 나 잠깐 내려섰을 때, 숲속 길가에 우리를 마중 나온 부족 청년 하나가 서 있었다. 그의 모습을 보는 순간 아뜩히 몰려오던 현기증. 얼굴 골격과 눈빛, 체구에서 오는 형언하기 어려운 이상한 느낌. 숲속에서 낯선 동물을 만났을 때 본능적으로 느끼게 될 방어의식 같은 것이 순간 스치고 지나갔다. 차를 고친 뒤 그를 따라 들어선 곳에서 수십 명의 동굴 속 부족들을 만났다. 모두 체구가 아주 작은 데다 골격과 표정이 말할 수 없는 거리감을 주었다. 마치 인간과는 종이 다른 제3의 존재처럼 느껴졌다. 어느 선교사가 그들을 마을에 정착시키는 작업을 수년간 했으나, 결국 모두 동굴로 돌아가고 말았다는 소식을 후에 전해 들었다.

민다나오 섬에서 만난 한 중년 여인은 남편과 사별 후 아이 넷을 혼자 기르며, 마음속에 심긴 하나님의 말씀이 자꾸 생각나, 얼기설기 나무때기로 움막 같은 교회를 짓고 홀로 전도 사역을 하고 있었다. 교회라야 울퉁불퉁한 흙바닥 위에 허름한 의자 두어 개 놓고 굵은 나뭇가지들로 얼기설기 벽을 두른 게 전부였다. 그녀를 통해 '하나님의 말씀은 살아서 운동력이 있다'는 히브리서 4장 12절의 말씀을 실감했다. 또 우리 일행을 보자 나무 위로 달려 올라가 축구공만 한 구아바 열매를 따서 던져주던 청년들, 숲길을 걷다가 나무의 잔가시에 긁힌 내 팔에서 가시를 빼내주던 검은 손의 소년, 엘리자벳 할머니와 함께 찾아간 우리에게 2층의 방을 여러 개 내주어 하룻밤 묵게 해준 부유한 선장의 아내였던 젊은 여인, 비좁은 찜빠니 버스에서 나와 즐겁게 수다 떨다가 슬그머니 내 우산을 가지고 내리려다 들킨 아줌마, 그 모두가 내게는 경쾌하고 사랑스러운 만남들이었다.

영국 체류 중에 만난 사람들도 생각난다. 그 중에는 어머니처럼 나를 정성껏 보살펴주던 하숙집 아줌마 마리온과 리차드 언어학교의 교사들이 있다. 늘 유능하고 활기찼으나 어딘지 모르게 불행해 보이던 케니, 하루도 술 없이 못 산다던 뚱뚱한 여교사 일레인, 상사에게 하이힐을 벗어 던져 직장에서 잘린 적이 있다고 웃으며 고백하던 린다, 한국인 아줌마를 새엄마로 둔 젊은 여선생 사라, 사람 좋은 웃음과 유머로 푸근해 보이던 독신의 노신사 크리스, 영화배우처럼 잘생기고 멋있어 어느 한국인 여학생을 죽도록 우울하게 만든 다리우스, 일본에서 영어 교사로 일하다가 귀국하여 실력 있다고 정평이 난 젊고 지성적인 수우, 마리온 아줌마가 휴가를 떠난 2주 동안 내가 그 집에 하숙한 적이 있는 캐더린…… 이들 모두 나와 짧게 인연을 맺은 영어 교사들이었다. 그들은 잠깐잠깐 스치면서 내게 삶의 다양한 단면들을 엿보게 해주었다. 강대국 영국민이라는 자부심이 넘치지만, 정작 그들 개개인은 여느 사람들과 마찬가지로 소박하고 외롭고 쓸쓸하게 살아가는 작은 사람들이었다.

또 세계 각지에서 모여든 리차드 언어학교의 학생들도 생각난다. 경제 상황이 최악에 달해 있던 프랑스에서 온 학생들은 대부분 이혼한 30, 40대의 여자들이거나 실직한 중년 남자들이었다. 정부에서 실업자를 대상으로 한 달간의 언어연수 비용을 보조해주기 때문에 그들은 대부분 한 달 기한으로 다녀갔다. 프랑스어에 대한 자부심 때문에 영어를 전혀 사용하지 않던 프랑스 정부도 경제가 악화되자 어쩔 수 없이 영어 사용을 권장하게 된 것이다. 이름은 기억나지 않지만 그들의 얼굴에서는 세상의 모든 불행을 혼자 짊어진 듯한 어둡고 무거운 그늘이 한 달 내내 가시지 않았다.

갑자기 실직하게 되었다는 중년의 크리스티앙은 내가 이름을 기억하는 유일한 프랑스인이다. 그는 실직자였으나 불만스러워 보이지 않고 온화했다. 그에게 나는 매일 영어 성경 한 단락씩을 옮겨 적어 전해주었는데, 그는 그것을 매우 고마워했다. 한 달 후 그가 돌아갈 무렵에는 헌책방에서 산 『Where do I have to go?(나는 어디로 갈 것인가)』라는 문고판 신앙서적 한 권을 선물로 주었다. 그러자 그는 프랑스로 돌아가면 꼭 교회를 찾아가 보겠다며, 앞으로도 좋은 친구가 되고 싶다고 했다. 혹시 내가 프랑스를 방문하면 나를 집에 초대하고 아내에게도 소개시키고 싶다고 덧붙였다. 그러나 바쁜 일정 속에서 나는 그에게 한번도 편지를 쓰지 못했다.

철없게만 보이던 스페인 아이들도 기억난다. 특히 어떤 방법으로도 통제가 안 되던 여학생 소냐. 그녀는 신비로우리만큼 아름다웠으나 대부분의 스페인 여자들처럼 목소리가 몹시 허스키했다. 수업 시간만 되면 그 탁한 목소리로 끊임없이 떠들어대는 그녀는 벨기에 청년 하나와 함께 수업 시간을 온통 난장판으로 만들었다. 교사들 가운데 그녀를 제지하는 사람은 아무도 없었고, 동양인 학생들은 그것을 못 견뎌했다. 나중에 들으니 유럽 전체에서 스페인 학교가 가장 자유분방하여 학생들을 전혀 통제하지 않는다고 했다. 그때는 몹시 성가셨지만, 그 수다쟁이 소냐가 지금은 어떻게 살아가고 있을까 궁금해지기도 한다.

막 개방되어 시장경제 체제로 돌입한 동유럽 아이들은 백인이라는 인종적 우월감과 낙후된 경제 상황으로 인한 열등감을 동시에 드러내서 좀 쓸쓸해 보였다. 조용하고 무

던한 독일인 아네트. 그녀는 세계대전을 일으킨 나라 출신
이라는 점을 못내 죄스러워하며 늘 겸손히 처신했다. 소탈
한 그녀와 함께 나는 브리스톨로 일일여행도 다녀오고, 방
과 후에도 만나 자주 대화를 나누었다. 또 가장 가까이 지
냈던 쇼코와 그녀 또래의 일본 아이들도 잊히지 않는다.

　그 후 몽골에서 만난 사람들 중 나의 첫 언어 교사였던
O는 3개월간 날마다 내 집을 방문하여, 하루 두 시간씩
몽골어를 가르쳐주었다. 언어를 몰라 아무것도 할 수 없을
때 그녀는 내게 일어나는 사소한 일들을 도와주곤 했다.
사범대학에서 발음 전공으로 언어학 석사 학위를 받았다
는 그녀는 자신이 실력 있는 교사라고 꽤나 강조하고 싶어
했다. 두 번째 교사 R은 수업을 시작하자마자 마치 내가
몽골인이라는 듯 빠른 속도로 혼자 말을 계속 해댔고, 그
덕분에 1주일 후쯤부터 나는 몽골어를 문장으로 알아듣기
시작했다. 수업은 3개월 했으나, 성품이 좋은 그녀와 오래
우정을 나누었다. 그 외에도 탁월한 언어교사 T, 그녀의 남
편이자 나의 석사과정 교수였던 B, 그리고 내 집을 드나들
던 한국어과 여학생들, 내 논문 작업을 도와주던 시인 소
미야, 내 앞에서 지그시 눈을 감고 시를 읊어대던 노시인
다와도르찌, 그는 몇 가닥 되지 않는 백발을 어깨까지 길
러 내리고 늘 베레모를 쓰고 다녔는데, 그것이 풍류를 아
는 문인다워 보이게 했다.

그 밖에도 가난한 몽골 교회의 성도들, 이름으로나 개인적으로 알진 못하지만 거리에서, 관공서에서, 시골 여행길에서 마주쳤던 사람들. 그들은 하나같이 부여받은 제 몫의 삶을 떠안고 때론 즐겁게, 때론 힘겹게 살아가는 성실하고 가난한 군상群像들로 내 기억 속에 자리 잡고 있다.

몇 나라 되지 않지만, 그 여행길들을 통해 나는 다양한 삶의 형태에 내재된 인간의 보편성을 발견하고 공감할 수 있었다. 젊거나 늙었거나, 부유하거나 가난하거나, 뛰어난 지식인이거나 무지하거나, 아름답거나 추하거나……, 하는 다양한 사람들을 만나는 동안 내 마음속에는 연민 같은 것이 깊이 자리 잡기 시작한 것 같다. 만물의 영장인 인간은 모든 존재 중에서 가장 뛰어나지만, 하나님 앞에서는 모두 예외 없이 긍휼이 필요한 존재라는 것을 나는 보았다. 인간은 그가 아무리 부자요 권력가라고 해도, 그래서 그것으로 다른 사람들 위에 군림한다고 해도, 또는 지식이 뛰어나 모든 것을 판단할 만한 능력을 갖추었다 해도, 진정한 자기 모습을 혼자 대면할 때 자기만 아는 열등감과 불안감을 느낀다. 어쩌면 그것은 피조물이 창조주 앞에서 느끼는 열등감이요 불안감일지도 모른다. 아무리 인격이 뛰어나거나 수려한 외모를 지닌 사람도 마찬가지일 것이다. 그리고 가난하고 힘없는 사람들, 무지하거나 눈에 띄는 결함을 지닌 사람들은 더 말할 필요도 없을 것이다.

이렇듯 인간은 누구도 완벽할 수 없으며, 나름의 결핍을 안고 살아간다. 이런 의미에서 나는 모든 인간 존재를 난쟁이라고 부르고 싶다. 창조주 하나님 앞에서 인간은 누구나 그분의 긍휼을 필요로 하는 난쟁이가 아닐까. 그러한 난쟁이 군락群落에서 사람들을 하나님 앞으로 인도하기 위해 선교사들은 애를 쓴다. 하지만 그들 역시 상처와 아픔을 안고 살아가는 난쟁이들이다. 나는 누구보다도 내 상처와 아픔, 내 영혼의 습하고 어두운 곳을 가장 잘 알기에, 나 자신이 가장 작은 난쟁이라고 생각한다. 그런 난쟁이들끼리 기대고 위로하며 사는 것이 삶 아니겠는가. 나의 죄와 어둠에 대한 자각은 타인의 그것에 대한 이해를 낳고, 그것은 내게 상처 입힌 타인에 대해 연민을 품게 해준다. 그리고 바로 그 연민 속에서 나의 상처는 치유될 수 있다.

이렇게 우물 밖 삶을 동경하며 떠도는 동안 스치거나 함께했던 사람들은 내 가슴속에 커다란 마을을 이루고 있다. 그것은 하나님의 긍휼을, 그리고 서로의 연민을 필요로 하는 작은 사람들이 모여 사는 난쟁이 마을이다. 나는 오늘도 그 마을에 살면서, 부족한 내가 타인의 연민을 받고, 나도 타인을 연민으로 품을 수 있기를 기도한다. 십 수 년 전 우물 밖을 처음 경험하기 전에 나는 내가, 인간이 난쟁이라는 것을 몰랐다. 원대한 꿈을 품고 그것을 이루어가는 인간, 그래서 인간은 만물의 영장이라고만 생각했었다. 하지만 오랜 시간이 흐른 지금 나는 그 위대한 인간의 또 다른 면을 본다. 나는 원점에 서 있지 않은 것이다.

불행해본 적 없는 사람, 고통당해본 적 없는 사람은 자기가 난쟁이라는 사실을 알지 못할 것이다. 설령 그런 일을 겪어보았다 할지라도, 자신의 죄성을 자각하지 못하면 자기가 난쟁이인 것을 알지 못한다. 그것을 모르면, 세속적인 의미에서 성공한 사람은 될 수 있어도, 위대한 사람은 되기 어렵지 않을까. 자신이 난쟁이임을 알 때 비로소 인간은 더 위대해질 수 있다고 나는 믿는다.